遇上诗和远方

Yushang
Shi He Yuanfang

魏 伟◎主编

中国文联出版社
http://www.clapnet.cn

图书在版编目（ＣＩＰ）数据

遇上诗和远方 / 魏伟主编 . –– 北京 : 中国文联出
版社 , 2017.1 （2021.1重印）

ISBN 978-7-5190-2421-5

Ⅰ . ①遇… Ⅱ . ①魏… Ⅲ . ①诗集—中国—当代
Ⅳ . ① I227

中国版本图书馆 CIP 数据核字 (2016) 第 308285 号

遇上诗和远方

著　　者：魏　伟			
出 版 人：朱　庆			
终 审 人：金　文		复 审 人：王　军	
责任编辑：郭　锋		责任校对：王洪强	
封面设计：凤凰树文化		责任印制：陈　晨	

出版发行：中国文联出版社

地　　址：北京市朝阳区农展馆南里 10 号，100125

电　　话：010-85923033（咨询）85923000（编务）85923020（邮购）

传　　真：010-85923000（总编室）　010-85923020（发行部）

网　　址：http://www.clapnet.cn　　http://www.claplus.cn

E-mail：clap@clapnet.cn　　guof@clapnet.cn

印　　刷：三河市宏顺兴印刷有限公司

装　　订：三河市宏顺兴印刷有限公司

法律顾问：北京天驰君泰律师事务所徐波律师

本书如有破损、缺页、装订错误，请与本社联系调换

开　　本：700×1000	1/16	
字　　数：23 千字	印　张：20.25	
版　　次：2017 年 3 月第 1 版	印　次：2021 年 1 月第 2 次印刷	
书　　号：ISBN 978-7-5190-2421-5		
定　　价：48.00 元		

序

至于诗歌，始于挚爱，去担当。

鸟人

诗歌对于芸芸众生中的我们，犹如一朵可以飞乘的云彩，它游荡在现实之中，它总是用悲悯、勇气去撞开虚掩且伪装的门。

于是，总有些不安，总有些困惑，那些愤怒，那些勇敢，化作滚烫的字句。

即便，有些不懂；即便，被谁指责；即便，有些嘲讽。那能有什么关系。不羁的，自由的，犹如春天的梨花。洁白中去迎接坠落，还季节一树鲜果。

腐烂，那也将花开花放，那也将分享璀璨，当成为一把泥浆，足以成为那一窝香土芬芳。

谁不曾情深意长，谁不曾花下风流，时日漫长，没有哪一个生命沉淀不出晶亮。

唯有诗人的脚步可以飘荡四方，没有担当的肩膀，扛不起风雨飘摇，没有仗义的胸怀，容不下江河翻浪。

远方，那是诗的故乡，苟且，那是荣辱的跷跷板，坦荡的意义在于说走就走的约定，没有什么可以羁绊住自由自在的善良。

生逢其时，一城一城的雾霾锁喉，窒息的不只是呼吸，还有精神的枷锁。于是，醒着的诗心指引着去寻找出口，哪怕是透一口未来的空气。

诗歌成为慰藉，成为夹缝中的光线，延伸出憧憬。

不是想去逃避麻木，却看到注水的诗歌荒芜了责任。空虚着找到存在感，再不会那么不在乎对错。空灵的美荡然无存，诗歌被日夜意淫，弄脏了再不需要的纸笺。空手道虚晃一枪，小丑都吹嘘成为大师，一帮戏迷扮相出五花八门的角，"咕咚"一声把戏台踩塌。

网络之下，人人都粉墨登场，诗人成为廉价的白菜。却又深信，真正的诗人仍在江湖逍遥，那把闪亮的刀，诗气凛然。一点责任妩媚了江山，千里寻她，百里挑一，这才有了"遇上诗和远方"。

若要明日江山浩气，看金秋诗界又添丁。

2016 年 8 月 21 日于深圳

目　录

海 岸

周剑梅

回头是岸，回头依然是无边无际

那些命运相干不相干

总会在某处失火　又会在某端失声

相遇不过是概率

拥挤在无法无天的路上

那些消失或正在消失的人没有声音

犹如黑夜中的海狰狞平静

消化着血一般的黄昏

那些人睡进海

习惯在伤口里慈悲　习惯把伤口撕裂

习惯在种种波涛里痛不欲生

习惯把前面的悲痛压碎

一次次撞在岸上

在麻木中痛楚，在痛楚中麻木

坦然面对瞬间的生死

2016 年 5 月 25 日

［作者简介］

周剑梅，女，原籍江苏无锡，青年作家、诗人。广州市青年作家协会会员。诗作散见于《作品》《新诗天地》《绿风》《当代小说》《广州日报》《江海晚报》《纯诗》诗刊、《湛江文学》等。

邂 逅

米 粒

许多年，填不满一摊沼泽
在我生活里向下深陷
像外界染进体内的毒素
聚拢又修复的生活，是你的生态
它谙习小区灯火和失眠的真相

见证檐上滴落的雨，好似欲绝的泪
穿透一个梦里的叹息
有时我听到你身体里的快乐
甚至抚摸到你的暗流

多年来我和你一起探寻鸟鸣
推敲一个陌生的叹词
在星夜宽过月亮以后，致辞——

一只青鸟高过白光，一朵云低过眉梢
它们的前程，谁都知晓

[作者简介]

米粒，本名蔡伯春。安徽合肥人，1975 年出生。常年居住上海，喜欢听音乐，闲暇时间捏几个文字。总是喜欢在文字中畅游，涤荡心海，快乐生活。先后在一些文学网站建立了个人作品集。"我对文字不求唯美，只愿朴实地用心用情去铺陈我的思想。"

邂逅

汪剑平

邂逅这把剑，这朵菊，是缘，也是命
一种惆怅的徘徊
一种怀想的姿态
就能上演一幕桃园结义
生死守望的大戏

刀光行走的日子，总有日月在叮嘱
大雁的心事飞入人间
我就是那个站在城郭把酒临风，远送秋雁的人
我就是那个融入天空，明澈清纯的人
我就是那个长袖曼舞，荡漾辽阔万里的人

剑醉菊丛
锋刃上大漠孤烟
戎马一生的余温还在
一剑封喉的江山尸横遍野
腥风收紧的马蹄声声夺命

英雄凯旋
菊花的婚床摆满粉黛的颜色

一把剑系万千宠爱，万千嫣红

慵懒的花瓣仿佛美人纤细的手指

轻轻一触，改朝换代的人间已过千年

剑与菊，是我生命缺少的两种元素

倘若能使我的骨头变硬

我愿一次次在剑光中反复淬火　涅槃重生

倘若能让我的内心坚强

我愿与一棵菊同根生长　迎霜傲雪

身不逢世，是命运的劫难

剑穿过菊丛，背井离乡

目送背影

我和一群菊花相依为命

独立寒秋

[作者简介]

汪剑平，湖北荆州电视台编导、沙市作协副主席、湖北作协会员，出版诗歌集《个人主义》、散文集《站在上帝肩膀上思考》《南墙之南》。

这一天只剩下一种颜色

沙 漠

这一天只剩下一种颜色
房屋、道路、树木、花园，以及方向
都被吞噬，在这样的空气中
人们前所未有地平等分享着绝望

那么，雾霾，你这鬼魅
来得再浓烈些、持久些吧
我不会再有什么能被你吞噬的了
我的青春已丢在了五光十色的荒野

此时的世界仿佛已成虚无
我没有羡慕没有怜悯
即使牙齿咔咔响，也找不到对象
前方一缕灯光，在努力冲出重围

2016 年 2 月 28 日

[作者简介]

沙漠，本名姚志强。浙江省温州市洞头区人。教书，写诗。

雾霾

雪蝴蝶

当体内的青铜失窃以后

你便轻飘飘起来

随便的一场黑

都可以风化，漱漱落下来

一场病毒拉着另一场病毒

建立着自己的王国

我们从口罩里咳出肺叶

转身又跌入乌鸦散布的谣言

一张旧报纸被一滴油污染

我们争论不休

把罪责推给一只老鼠

多么害怕这是杀头的事

我们继续在迷局里摇旗呐喊

那么多兄弟头颅撞在一起

个个都曾经心怀大义

[作者简介]

雪蝴蝶，本名李静，女，70后。黑龙江佳木斯人。在乡镇政府工作。爱诗，崇尚自由的写作。

遇　上

绿　竹

在那个回暖的春天，遇上
点点璀璨，已点燃孤独的荒原

谁的背影
隐入墨夜
撞疼了昨天
破茧吧
快快剥离宿命

就在今夜
你将怀抱满月
着一肩清露
让那匹久被禁锢的野马
脱缰

趟过激流，涉过溪谷
以风的姿势，驰骋

2016 年 5 月 20 日

[作者简介]

　　绿竹，原名王忠环，1969 年出生。系佳木斯市、建三江及北大荒作协会员。作品见于《三昧诗社精品文集》《望月诗歌精选》《经典短诗·当代方阵》《诗中国》《湖畔》等诗歌集。

海 岸

鸟 人

浪
激越
沙如流
尽享高潮
放纵山河消瘦

花
深藏
竟汹涌
乾坤旋转
只叫风起云涌

澎
奔腾
魂激荡
山响水笑
红颜知己迷恋

湾
是处

柔软下

洁白如玉

刚柔缠绵销魂

叫

奇葩

日月光

万里咆哮

撕碎一夜波涛

2016 年 5 月 11 日

[闪电体诗]

　　由魏伟（笔名鸟人）始创于 2015 年 10 月。因期初在微信上创作，滑动屏幕后，错落的字行犹如闪电而得名。

酒　韵

神游狐

女人的酒
是握桨孤渡的清泪
浅尝隔世
喝他个花残月瘦

把俏目融进哀怨
兑半盏女儿红
借一叶扁舟
解湖岸前世的忧愁

雨停在发梢
甩过轻盈水袖
喝的是伤
怎知酒中朱砂如钩

男人的酒
是霸气十足的佩剑
半斛旧水
醉他个一世风流

把妙语掺进真言

兑整壶二锅头

展一隅山水

倾荒漠的壮志未酬

风扛在肩上

穿越灼伤的山路

饮的是愁

谁解杯中落叶成丘

[作者简介]

神游狐，本名陶军林，祖籍上海，现居南京，兵、学、商，无冠无冕。在自己的文字中随心随性，任思绪酣畅神游，敬畏天地上苍，敬重人间真情。女子单枪匹马行走江湖，却魂聚于一身男儿豪气。诗作散见于书刊、微刊。

别来我的城

侯建刚

没事别来我的城，
来了我会紧闭大门。
这里是诗书重地，
必须先验明正身。

逐利者别来，
这里也无须虚名。
历史有太多的血肉横飞，
有沉重的叹息与久远的回声。

开门时百鸟群飞，
伴随着鼓乐齐鸣。
一队队金戈铁马，
一幕幕风卷残云。

以酒为泉，以诗为帚，
眨眼的星星格外纯净。
所有的呼吸都由灵魂过滤，
月光洒泄出玉笛箫音。

2016 年 7 月 30 日于成都

[作者简介]

侯建刚，1958 年出生，成都人。老家山东垦利黄河入海口，生于重庆奉节长江三峡起点。1982 年毕业于西南政法学院（大学）哲学师资班。做过工人、大学老师、共青团干部，是全国著名资深记者。年轻时，遍读西方名著，熟悉中西方历史、文化，对文字美有独特的审美视点，一辈子激情飞扬，童心不喻，在文史哲交汇处，找到了诗词歌赋的爆发点。正在开创哲思形诗歌的独特道路，致力于以诗词歌赋形式写出大历史和大文化。

当河流老去

梦 龙

水会在阳光中

变成一朵朵的云

在天空里

俯视世界　河流

随时间老去

只剩下干涸的河床

空荡荡的河岸上

唯一的一株芦苇

静静地守护着

这条流经岁月之河

心情沉重　如此

慢慢慢慢　慢慢

变成从前

2016 年 9 月 1 日于北京海淀

[作者简介]

梦龙，本名张脉峰，山东梁山人，居北京。20 世纪 80 年代创办并主持主编《太阳诗报》至今近 30 年，著有个人诗集、文集等多部，主编（执编）各种典籍、书籍多种。中国作家协会会员，《诗词之友》主编。

飞机在云之上

潘红莉

福州的目的地还远　机翼搅动着云

像南极一样的海象卧在冰山下

白色的雪狮它要在冰上注入血性的辞

飞快掠过的浓云像棕色的马尾

它不停留　要奔向世纪之初的草原

它们向意识开放　自然的浮夸

世界初始的源泉　无疑是最好的还原

它仅仅在机窗外　象征着玛雅时代

被破坏的规则　还有对哲学精确的疑问

它本该存在于我的心而不是目光中

而现在像是天空竞相的发明

雄浑的冰川时代　巨大的氛围

我不是一个胜利者甚至在惊讶中有些沮丧

我称之为宏观的历险　正被滑翔的翅膀逐渐删减

2016 年 2 月 1 日于哈尔滨

[作者简介]

潘红莉，曾用名潘虹莉。曾有作品在《诗刊》《人民文学》《十月》

等海内外报刊发表。有作品被选入2013年《中国新诗排行榜》选集，《2014年—2015年中国年度诗人作品精选》《2015中国诗歌》《2015年度优秀诗歌》《常青藤》诗刊10年特刊及《21世纪世界华人诗歌精选》多种选刊及年选集。出版诗集《潘虹莉诗歌集》《瓦洛利亚的车站》。现为哈尔滨市作家协会副主席，哈尔滨文艺杂志社副总编辑，《诗林》主编。

壮丽青春已逝

周瑟瑟

怀念青春壮丽的那个年代

热血可以冲天

洗净肮脏的天空

爱可以赤裸裸

奉献给祖国的大街

那个年代我口袋里几个破铜板

可以砸晕刚刚暴富的官吏

也可以换来啤酒与沙哑的歌唱

混乱的长发缠住酒瓶

青春的喉咙里火焰在燃烧

姑娘呀

你清纯的眼睛，你青草的腰肢

我曾经拥有，现在随我壮丽的青春已逝

我怀念你在贫穷的岁月读我的诗篇

我怀念那个年代天空倒挂一万朵白云

祖国的田野站满痴呆的牛马

它们都是我贫穷的兄弟与姐妹

时代在拐弯

时代在急转直下

粪便溅满了脸

铁屑烧伤了手

我的头撞在南墙上

我的口号被包扎成猪头肉

喝酒喝酒

做十年酒肉之徒

再做十年思想的囚徒

恶心的文字成了铁栅栏

青春的肉身在呕吐

转身就出狱

转身就衰老

头上的白发是我在为祖国戴孝

你最牛逼的思想者被枪杀了

你最爱你的诗人远走他乡

流亡，流亡有流亡的忠诚

叛逆有叛逆者的爱

爱苦难的人类

爱故乡的爹娘，爱满头白发的祖国

爱壮丽的青春的遗骸

爱我的爱死无葬身之地

[作者简介]

周瑟瑟，当代诗人、小说家、艺术批评家，曾任中关村 IT 企业高管、
央视英文纪录片栏目总监，百集纪录片《馆藏故事》总导演，也写字画画，

现居北京，百花洲文艺出版社北京诗歌出版中心总经理。著有诗集《松树下》《栗山》等10部，长篇小说《暧昧大街》《中关村的乌鸦》等6部，以及三十集电视连续剧《中国兄弟连》（小说创作）等。曾获得2009年中国最有影响力十大诗人、2014年度国际最佳诗人、2015年中国杰出诗人、第五届中国桂冠诗歌奖诗歌卫士奖（2016）等。主编《卡丘》诗刊，创办卡丘－沃伦诗歌奖，中国诗人田野调查小组组长，提出元诗歌写作，主张重建诗歌现代性启蒙精神。

紫色的星

彭惊宇

高远的天穹上，有一颗紫色的星
它是我黯然一生中最明媚的憧憬
多少峥嵘岁月，落寞红尘，无语沧桑
而唯有那紫色的星，能把冰封的爱唤醒

也许是在青藏高原的星空蓦然相遇
紫色的星，仿佛光明女神蝶翩翩来临
它那清纯超凡的情影，触动我倦怠的心灵
它紫丁香般的芬芳，留下雪域少女的温馨

这是怎样一种莫名惆怅又难以挥去的怀恋呀
紫色的星，璀璨着信念的元素，和大地的酩酊
永远不会再有倾心一握、激情相拥的时刻了
我为何还要举首仰望，为它奉献毕生的衷情

紫色的星，在那高远复又高远的天穹上闪烁
它是我内心最高的星辰，是旷世的守望魂牵梦萦
紫色的星，是你把高贵的美丽化作了光明
在那黑水苍茫的大海，你是昴星指引我的航行

[作者简介]

彭惊宇，中国作家协会会员，中国诗歌学会会员。《绿风》诗刊社长兼执行主编。汉语言文学本科学历。曾进修并结业于北京大学中文系、鲁迅文学院第五届高研班。在《诗刊》《星星》《诗探索》《飞天》《延河》《长江文艺》《作品》《朔方》《青海湖》《小说评论》《文艺报》等报刊发表作品。出版诗集《苍蓝的太阳》《最高的星辰》、文学评论集《北国诗品》等。有诗歌专著和文学评论专著获省、地区级政府奖。并多年入选不同版本的中国年度诗选。对其创作论述，编入《新疆当代文学史》等。

酷暑的正午

龚学明

我完全暴露在空旷的广场上
江河从我的脸上奔流
我的身体就是一块通红的铁
在七月的正午，我与大团大团的热
相接，而树叶纷纷倒退

一生中
有这样火热的时辰
它多像一次成功的赛事后
心跳加速，脸色绯红
它逼真到让我们有轻微的窒息

许多人不相信在平地上能收获成功
他们躲在私分冷气的空间内
但他们并不甘心，将自己忧郁的目光
和甲壳虫一样　　向广场张望

我们对视
他们对我这块铁十分陌生，冷漠

有些树叶在假意地笑

有些路画上一条条线条

它们很软，又很硬

它们让广场不能前进，也不能后退

一个广场一困就是一辈子

这段红色预警的高温日子

我每天都要出门，在最热的地方

主动求汗　这样的日子很快过去

就像我们很快要老去

下周就要下雨，下下周降温

冬天在预料的时候到来

雪，就下在我的坟墓上

我和雪一起回顾

曾经在最热的时候

我走过一个广场

我是一块通红的铁

[作者简介]

龚学明，网名人生也好，江苏昆山人。当代诗人，文学编辑，资深记者。

20世纪80年代求学于南京大学历史系，毕业后被分配至江苏新华日报社，参与创刊扬子晚报，现为江苏扬子晚报《诗风》诗刊主编。拥有新闻高级职称。

长期致力于新闻和文学的写作。获国家新闻出版署颁发的资深新闻工作者荣誉证书，为全国和江苏省报纸好新闻一等奖获得者。大学时始文学创作，作品入选多个选本。出版有诗集、随笔集、纪实文学集多部。现居南京。

草原跋

简　明

生在草原，就必须歌颂草原
我曾亲眼目睹过
鹰隼，怎样把一头牛叼进苍穹
群蛇，怎样缠绕
疾行的马蹄，侧柏和塔松
怎样从峡谷深处
一直爬上山顶，寸草不生的碱滩
怎样一夜返青

雪山在接近太阳时，内部瓦解
沿着山体溃败，雪水寒气逼人
从科古尔琴天堑垂直落下
粉身碎骨的河流，柔韧无比
像敢爱敢恨的人无坚不摧

太阳落山的时辰，每推迟一刻
阵亡者就增加一成
战死的兵士，无法掩埋
一层层堆积河道
尸骨比石头坚硬

这不是一个轮回

也不是一次祭天的往返

草原只有开始，像地平线

只见日出

善骑的民族驰骋草原

善射的民族镇守中原

草原，喂养牲畜和最原始的战场

开疆拓土的草，喂养大地

和远方

战争不可能消灭草原

正如羊群不可能消灭草

历史正在现场

所有的生命都向生而死

唯有草，向死而生

[作者简介]

简明，当代著名诗人、评论家，中国网络诗歌最早的学术观察者和最权威的文本研究专家(国务院特贴专家)，诗选刊杂志社社长。著有：诗集《高贵》《简明短诗选》（中英对照）、《朴素》《山水经》（中英韩对照）等11部；长篇报告文学《千日养兵》《感恩中华》等5部；评论随笔集《中国网络诗歌前沿佳作评赏》（上下册）、《中国网络诗歌十年（2005-）佳作导读》（上下册）、《读诗笔记》等5部。作品曾获1987年《星星》诗刊全国首届新诗大赛一等奖，1989年《诗神》全国首届新诗大赛一等奖，1990—1991年度全国优秀报告文学奖（鲁迅文学奖前身），第四届、第八届、第十一届河北省文艺振兴奖，首届孙犁文学奖等；诗歌作品入选上百种权威选本。参加文化部第二届（西安）和第四届（绵阳）中国诗歌节，第一届（宜昌）中国诗歌节，第二届（西宁）青海湖国际诗歌节，第三届（海宁）徐志摩诗歌节。

风扇下

马启代

——风是空气的尸体。

天地间，浩荡的风声中，我看到无数的尸首，纷纷倒下。

什么力量？让铁与空气相撞，且前赴后继。

铁是铁，是剑，是矛，是大炮，是飞机，是导弹，

是航母，是卫星……

铁已成钢，合金钢，钛钢，直接就是灭绝和死亡。

——铁与空气相撞，死的一定是空气。

空气一直是空气。

空气只能是空气。

空气就是空气。

人疑之：

风是活的，它会跑，会喊，大化于无形。

铁会被时间一层层扒皮，噬心蚀骨。

风随物赋形，摧枯拉朽。

我哂之：

山用花朵笑了，水用浪花笑了，风自己也笑了。

——在一架呼呼转动的风扇下，我浑身骤然发冷，

远处，起风了。

[作者简介]

　　马启代，1966年7月生，山东东平人，中国诗友会首席评委，自由撰稿人，现居山东省济南市。1985年11月开始发表作品，创办过《东岳诗报》等刊，出版过《太阳泪》《杂色黄昏》《受难者之思》《马启代诗歌精品鉴赏》《汉诗十九首》等诗文集18部，作品入编各类选本100余部。获得过山东首届刘勰文艺评论专著奖等，入编《山东文学通史》。马启代是中国诗歌界"为良心写作"的倡导者。

迷　宫

马晓康

人群中　我是个尿湿裤子的孩子
夹紧了腿　生怕谁的尖叫把我撕碎

窗外　欲坠不坠的铁皮在风中作响
这座城的尾巴已腐烂　无数婴儿饿得直哭

盘子里的骨头们　敲打着
要求进入我的身体　索回它们的肉

水泥沉浸在深黑色的梦里　再不醒
一个时代便要远去　石灰灼烧着皮肤
马蜂窝外　无家可归的人举着愤怒

活着的　都被面具蒙住了眼睛
雪人　被发配到不同方向　堆了化　化了又堆

一蹦一跳　我该如何从流向中脱逃
被铸成铜的鸟儿　能否为我再扑腾一次翅膀

[作者简介]

马晓康，1992年生，祖籍山东东平，留澳七年，读书，写作，兼做翻译。参加过2015鲁迅文学院山东中青年作家研修班、浙江新荷作家训练营和首届山东青年诗会，系2015第八届星星夏令营学员、《中国诗歌》第五届"新发现"夏令营学员。在《诗选刊》《中国诗歌》《星星》《山东文学》《时代文学》《特区文学》《西北军事文学》《绿风诗刊》《诗林》《山东诗人》《泰山文艺》等发表过作品，出版有诗文集三部。目前，他正全身心投入非虚构长篇《墨尔本上空的云》（三部曲）的创作。

天花板诉说的孤独

杜劲松

一片树叶
夹着行囊　在夜间
急行　停留
翻滚着煎熬

一只无名秋虫
在空旷的街头
对着昏黄路灯
吞咽寂寞

一双空洞无物的眼睛
对着虚拟　发呆
抗争　只为糊口的营生
呐喊　那片远去背影的落叶

今夜无眠
注定是落叶
与秋虫的竞技场
那双渴望生存的眼
在时空里充血

一切

归于平静后

孤独

再一次

露出狰狞

吞噬了翻江倒海的

血色浪漫

[作者简介]

杜劲松，知名编剧，诗人，词作家。生于1971年，原籍湖北，现居深圳。中国剧作家协会会员、中国诗歌学会会员、中国音乐文学学会会员、中国散文学会会员、诗心斋文学社微型诗歌顾问、中国微型诗社会员、华夏微型诗歌协会会员等，尤其擅长微型组诗创作与评论，《中华日报》公开发表微诗1000余首。

别红楼

王博生

别红楼
雨也愁
往事沉沉
烟雾蒙蒙
多少事
都付烟雨中

别红楼
江水愁
巴山蜀水
人皆风流
落红处
绿竹亦悠悠

别红楼
神女愁
夔门望月
巫山看云
一江水
流不尽许多愁

[作者简介]

　　王博生，诗人、作家、摄影师。人人文学网总编、人人书画网总编、《微诗刊》总编、人人新媒体 CEO。中国网络文学节总策划。中国诗歌春节晚会策划、导演。中国新闻摄影学会会员、新华社中国图片社特聘摄影师、新华社中国图片社图品在线副总编辑等职。

是广阔把事物推远

沙 克

什么位置，什么尺度
或者什么意向
那些候鸟，那些走遍天涯的
飞到太空的人与物
衔着一种策划，一种目的

直至损伤大于收获
为什么从飞蛾到鹞鹰前赴后继
火，能，内力的执迷？
它要花果的乌托邦
它要血火的被虐

是广阔把事物推远
是纹丝不动的意气把持
千年，万里，想象力的召唤
与敬礼——
广阔那头可能的美与村落

[作者简介]

　　沙克，当代诗人，一级作家，文艺评论家。60后，生于皖南，现居江苏。主要著作有：诗集《春天的黄昏》《大器》《沙克抒情诗》《有样东西飞得最高》《单个的水》《沙克老爷》等，散文集《美得像假的一样》《我的事》等，小说集《金子》，文艺评论理论集《心脏结构与文学艺术》等。

幸福感

查曙明

七月，纷繁季节
德令哈柏树山
山道转角处
舞动经幡的柏树
把最后的清新藏于身后

半坡一汪草坪
荡漾着江南四月新绿
几处毡房，如含苞白荷
散落水面

东坡羊群像星星
散落在荒凉草地
西坡游客更像五颜六色
野花，随风起舞

我从南方来，带着满满燥热
追寻海子诗中的姐姐足迹
俯身做它的一株格桑花
作为一种幸福

我们在进行一场告别

没有伤悲，也不多情

但有一些荒凉

2016 年 7 月 26 日游德令哈柏树山而作

[作者简介]

查曙明，1967 年生于安徽省怀宁县高河镇查湾村。农民儿子，诗人海子胞弟。1989 年高中毕业后，辗转全国各地经商，现暂居北京。喜欢诗歌，尤其喜欢海子诗歌。海子诗歌奖主要发起人，任海子诗歌奖组委会副主任。2015 年编选《海子诗选》（天津人民出版社出版）。

如果可以为了你，幸福呵

雁　西

斜坐在时光之椅
天都被诱惑得低头了
沉迷于你的微笑，眼泪
你的宽容，温柔。你飘然出尘的
惊艳，公主般的傲雪
像船飘摇的身体，橘红色的连衣裙
挡不住春光的裸露，白皙，长腿
抖动的，张扬的，无忧的
上下飞翔，掠过草地，花丛和梦

昏昏沉睡的
不醒之恋，不是别的
一切的一切都太美，没有理由
去拒绝。你是我的飘，我的简爱
我的呼啸山庄，我麦田的守望，我把住
现世的每分每秒
我不想，也没有时间去追忆似水年华
看不见的人，就不看见好了
我讨厌，有些笨蛋竟然杀死一只知更鸟
我不想听残忍和无奈的解释

我只要可以看见你

看见你风情万种，看见你春光妖娆

看见你每天开开心心

这一刻，我才意识到

在我的一生中，应该有一部经典

或一首感动的诗，是什么清楚了

是你，是一个女人，一个楚楚动人

一个可以珍爱一生的女人。没有爱

生又何，轻飘飘，连鸿毛都不如

死又何，名再响，而你在黑墓中

这一刻，一切的一切

这一生，如果可以为了你，幸福呵

一部经典，一首最美的诗

献给你，只献给你，用尽我的一生

[作者简介]

　　雁西，本名尹英希，出生于江西南康，著名策展人、评论家、书法家、诗人，中国作家协会会员，现为现代青年杂志社总编辑。出版个人诗集《走出朦胧》《世纪末梦中梦》《永远的鸽群》《活着的花朵》《时间的河流》《致爱神》六部。1992 年在人民大会堂被授予"中国首届诗歌奖"。2005年应邀参加"第十九届世界诗人大会"。与陆健、程维、张况被誉为"中国诗坛四公子"。

诗与远方：绿化树情季的河床

阿尔丁夫·翼人

曾是怎样的情思
绿化树突然在我的瞳孔中放大
带着一种永远被流放的牧歌
一夜间撞开高大陆远古的金门

傲岸的花曾对我讲述
关于滴血的花朵苦读《圣经》
规劝我不要轻易采折花草
但我不在乎树的高大
山的壮观
何以形成完美的意象

——在黑暗与黎明间搏斗
使我们的欲望成为七十二把刀锋
最终得到的是血液飞溅的声音

可我依然欣赏
跨越世纪风强硬的阶梯
迷茫地穿过直觉
穿过生的意志和死亡无边的恐惧

最终夺取一颗太阳

溶解这些美丽的形象

于是，我们会看见人的归宿

而活着和死去者的灵魂

依然动荡不安

如此动荡不安的是

绿化树情季的河床

[作者简介]

　　阿尔丁夫·翼人，男，撒拉族，祖籍青海循化，当代著名诗人，现为世界伊斯兰诗歌研究院中国分院院长、青海民族文化促进会会长、青海大昆仑书画院院长、青海省诗歌学会副会长、《大昆仑》文化季刊主编等。著有诗集《被神祇放逐的誓文》。阿尔丁夫·翼人的创作实践已纳入屈原开创的"史入诗"空间史诗传统。系21世纪"昆仑诗群"首席代表诗人。作品被译成英语、俄语、法语、西班牙语、波斯语、马其顿语、罗马尼亚语、阿拉伯语等。他曾多次应邀出席美国、伊朗、以色列、南非等国国际诗歌节和诗歌活动。作品荣获中国民族文学创作"骏马奖""中国当代十大杰出民族诗人诗歌奖""2012年度国际最佳诗歌奖""第十一届黎巴嫩纳吉·阿曼国际文学奖最佳创作奖"等。

乘坐高铁返回计划

阿 翔

从秘境到轻熟的词典：几乎漏了
高铁的真切，我们耗尽一路上的时光，
去实践着另一种转换。一切权利
属于一场最后的雨，看吧看吧——
这似乎让我们学到了遗憾，解散的修辞赶在
天黑之前，这意味深长的宣告，
岂止代替日常掩饰，因更远而客观
缄默。山水如同梦境，被加速于
短暂的遗忘。返回寻找更深的
比喻，看上去贯穿了一个依旧是
新颖的生活，里面装着的回音
像启示也有速朽的时候。
我忽然觉得我减少的，不会
仅限于逃离群体的去处，如果只与
陌生有关，那就是铁轨沿袭了
非法的旁观，夹杂着我及时
配合多余的众多睡眠，可以用来
揭示收获不同于各自的经历。
比如触及虚无的空气，又不能
低于热浪，最显眼的难免要过隧道

这一关。所以说，借助迷信的

描述，底线一点不底线，两茫茫

一点不两茫茫。我只赞同于

同一件事在不显形中有里外之分。

[作者简介]

　　阿翔，生长于安徽，现居深圳。曾获 2014 年广东省诗歌奖、2015 天津诗歌节奖。并两次北上参加"2015 文学深军新势力——深圳青年作家研讨会"和"广东诗人北大行诗歌研讨会"等活动。

诗代表我在废墟中站着

王立世

明亮的眼睛

终会像街灯一样闭上

大街上那些耀武扬威的人

终会倒下，灰飞烟灭

大雁飞走了，来年还会飞回

花谢了，来年还会开

草枯了，来年还会绿

心脏停止了跳动，就不能再呼吸

远方是一缕青烟

只有诗代表我在废墟中站着

[作者简介]

　　王立世，1966 年生，山西省山阴县人，中国诗人阵线副主席，中国爱情诗刊顾问，中国作家协会会员。在《诗刊》《中国作家》《创世纪》《葡萄园》等刊物以及香港《文学报》、泰国《中华日报》、菲律宾《世界日报》等国内外多家报刊发表诗歌 1000 多首，还发表文学评论 20 余篇。作品入选多部选集。《夹缝》被《世界诗人》推选为 2015 "中国好诗榜"二十首之一。著有诗文集《还是那颗星》《永远的怀念》《流水梦影》《夹缝里的阳光》，主编《当代著名汉语诗人诗书画档案》。获第三届中国当代诗歌奖（2013-2014），《关雎爱情诗》"2015年度十大实力诗人"，《中国文学》"2014年度十大诗人"，山西省社会科学院诗歌研究中心"2014年度山西十佳诗人"，全国首届"七夕·华原杯"爱情诗大奖赛十佳桂冠诗人。

敖包：近不可及

北 塔

看见你时，我的黄昏已经露出端倪
在黑暗把草原装进他的口袋之前
我将被装进一个大铁盒子
和其他人一起回去
但我还不能停下朝向你的脚步

我已经把身影交付给野花
让云朵和山峦配成了对
我已经任由摇滚乐占领了蒙古包
已经让牛重新屈服于牛栏
但我还不能停下朝向你的脚步

坡越来越陡，草越来越深
我的白球鞋几乎要成为两条肥硕的青虫
蚱蜢的每一次跳跃
几乎都是死里逃生
但我还不能停下朝向你的脚步

他们抄近路的，已经围着你
宣告并炫耀他们的成功

当鸟回到巢中，连彩虹

都被乌云逼入天宫

你和这山川貌合神离

但我还不能停下朝向你的脚步

[作者简介]

北塔，原名徐伟锋，诗人、学者、翻译家，生于苏州吴江，中国作家协会现代文学馆会员、中国社会科学院研究员，系世界世诗会常务副秘书长兼中国办事处主任、河北师范大学等高校客座教授、中国外国文学研究会莎士比亚研究分会秘书长，出版有诗集《正在锈蚀的时针》《滚石有苔》等，学术专著《一个诗人的考辨——中国现当代文学论集》《照亮自身的深渊——北塔诗学文选》和译著《八堂课》等约30种。曾受邀赴美国、荷兰和马其顿等20余国参加研讨、采风、朗诵和讲座等各类文学、学术活动，曾率中国大陆诗歌代表团前往墨西哥、匈牙利、台湾、美国、以色列、马来西亚和泰国等10余个国家和地区访问交流并参加诗会。作品曾被译成英文、德文等10余种外文。曾在国内外多次获奖。诗作手稿被上海图书馆中国文化名人手稿库收藏。有"石头诗人"之誉。

摘苹果的日子

中 岛

烟台栖霞

满山的苹果红了

我们的车

在公路上跑

苹果红和我们

一起跑

飘动的甜味儿

在我的鼻子里来回撒欢

宣传部女部长

挺着大肚子

站在宾馆门口迎接我们

她向我们挥手

滚圆的肚子也晃动着

好大一只苹果啊

她说：还有不到一个月

就可以摘了

[作者简介]

中岛，原名王立忠，诗人、记者、资深媒体人，自由撰稿人、评论人、中国名博沙龙成员。

　　1983 年开始诗歌、小说、评论的写作。至今已在《人民文学》等刊物发表诗歌、小说作品 200 余万字，诗歌作品被选入中国三千年诗歌精华总集《诗韵华魂》等，被评为"2005 年中国十大优秀诗人"，2005 年 12 月 27 日《新京报》以"名家新作"推出中岛诗歌小辑，主编《诗参考 15 年金库》10 卷本，《伊沙这个鬼》《诗参考》主编。

你告诉我，你是玫瑰

吴昕孺

我混迹于大地之上，没料到
撞上你的仆仆风尘
无数的我为你的孤独伤心

你不信？我有太多的自己
从不曾遗失
哪怕它们跨越春天的边境

我可以帮助你，成为一株
普通植物，但请让我读出
你花瓣上，蜜蜂和蝴蝶写下的铭文

爱着
就是
永恒

你愿意吻我吗？
啜饮我杯子里的苦寒之汁
我不是跳舞。我也有枝丫

在你忧伤的风暴里

我掀起自己奔涌的潮水

你告诉我

你是玫瑰

[作者简介]

吴昕孺，1967 年生，湖南长沙人。曾赴台北参加第 23 届世界诗人大会。有作品被译为世界语、英语、日语，进入各种年选、年度排行榜以及中学语文试卷，并被《读者》《青年文摘》《散文选刊》《中篇小说月报》《小说选刊》《诗选刊》等转载。已出版长诗《原野》，散文集《声音的花朵》，文化随笔《远方的萤光》，中短篇小说集《天堂的纳税人》，长篇小说《高中的疼痛》等 20 余部。现为《读者》《散文选刊》签约作家，湖南省诗歌学会副会长、湖南教育报刊集团编审。

同班同学群

王爱红

喜鹊登枝
你说
在你家的大杨树上
落着三十几只喜鹊

我看到一张照片
你家的大杨树上
还有两个鸟巢
不是一个

三十几只喜鹊
就像是音符
可以连缀成一首完整的歌曲

不过
在这里
我请你仔细数一数
可能是 34 只
34 只喜鹊代表了一个主题

本来应该更多
因为我们构建的巢
仅仅来了 34 位同学

我们真的喜悦
这些可爱的喜鹊
真的让我们回到了从前

谁
还有谁和谁
其实是一只喜鹊
终究会来的
但是还有两只喜鹊
大家都知道
像两个休止符
像一声叹息
已经变成了两只黑鸟
让我们顿时感到黑
还有两只喜鹊
也让人心痛
他们在飞翔中
把影子丢失在风中

幸有月亮从雀巢里钻出来
幸有大杨树扬起一地月光
回首仰望
你一定会发现
34 只喜鹊

34 只鸟

34 只凤凰

已经在高处排列组合

那是爱

有你的一部分

那是爱人的形象

多么亲切

[作者简介]

王爱红，山东潍坊安丘市人，曾出版诗集《八月之杯》《清月飞花》，文集《大地神韵》《雕塑人生》《这边风景》《与大家相遇》《中国画坛焦点访谈》《王爱红美术评论集》，书法集《王爱红书法集》《王爱红书法作品选》等。现居北京，系中国作家协会会员、中国美术家协会会员、中国书法家协会会员、中央国家机关美协理事、中国侨联文艺家协会理事、澳中文联常务理事、中国国学诗书画研究院院长、中国作家书画院艺术委员、中华诗词家联谊会副秘书长、《诗歌月刊》特约主持人、《中国传统文化经典荟萃》（100 部）编委、《中国诗人生日大典》主编等。2015 年，获人人文学网诗歌新锐奖。2016 年，获九间棚杯·世界华语诗歌大奖赛金奖、首届《山东诗人》2015 年度优秀诗人奖。

遇　上

彭武定

一切都很真实，梦敞开胸怀
让溪水静静地流淌
阳光湿漉漉的
在水中追赶美人鱼的鳞片
你从桃花深处的春天
向羞答答的鸟鸣靠拢
一切都可以预见，沿着这个方向
你我不期而遇的几率
多于十六的月亮比十五的圆

烟雨入侵江南
以及这个季节的呼吸
一切都很虚幻
伸出的手看不见手指的方向
一次次构想
你如彩虹
抚摸我眼眸里躁动不安的期待
而这一季的雨停下来的机会
远不及窗前的铁树　优雅地开花

2016 年 5 月 25 日

[作者简介]

彭武定，网名与秋共语，湖南湘西土家族苗族自治州作家协会会员，已有多篇小说、散文、诗歌刊发于《山东文学》《江汉文学》《湖南工人报》《湖南妇女报》《常德民生报》、湘西《团结报》《中国诗乡》等全国各地报刊。笔墨情调管理团队及新锐诗会运营团队主管，《新锐诗会》微信公众号主编。

遇 上

江 渔

没有月亮升起
暮色开始遗忘
仿佛患了眼疾的老人
努力摸索一些记忆

无关的人早已各自回家
记忆是半坡流水的岸
既然月亮不曾来
两棵柳树先行相约

它们忘掉了影子
忘掉了方向
忘掉了河水中软软的欢娱
它们不想在尘世中打捞什么

只有思想在枝头相遇
沉默让它们长久地重逢
在黑暗中它们无须看清彼此
由了一只蟋蟀静静地发光

2016 年 5 月 15 日

[作者简介]

江渔，原名王泽，70 后，河北保定人，爱好写诗，偶有发表，一直认为诗歌是互动的艺术，需要作者和读者共同创作挖掘，你付出多少勤勉和尊重，就会得到多少收获。诗歌没有无花果。

遇　上

张文豹

穷途莫叹无知己，笑看梅花抱雪生。
数九寒天冬未尽，一花独放送春情。

2016 年 4 月 29 日

[作者简介]

张文豹，性别：男，出生日期 1953 年 1 月 20 日，贯籍河北滦县。社
区诗友会成员。

遇 上

云 起

也许，不该好奇漩涡的落寞

让一阵风

毫无预兆地

挤进裂缝的忧伤

夕阳的阴影

是天空为邂逅搭建的背景

序幕刚拉开

俯仰之间，灰色已抱成一团

顷刻

再不需要寒暄

[作者简介]

云起，本名高凌，另有笔名坐看云起，四川省西昌市作协会员。喜欢旅游和音乐，希望用笔记录每一个欢乐或忧伤的瞬间。

遇　上

流云飞鹤

既然有缘

终有一天会遇上

在清灵的山水间

在神秘的断桥上

在丽水湾

小村旁

我希望

相遇在深深的雨巷

细雨绵绵

萃取你的清香

一缕薄烟

托起你的修长

或许我仅仅与你擦肩

或许我依然独自彷徨

或许你轻轻来到窗前

而我依然遥望远方

耳边的呼唤

海上的光亮　心里的浪漫

不相干的交响

都在无意间绽放

[作者简介]

　　流云飞鹤，本名刘畅。现任深圳悟空电子商务总经理。喜欢文学、音乐、美术、电影、电视。曾经自行创作诗歌 3000 余首，部分诗歌发表在报刊上；大量诗歌发表在网络上。写过一些歌词，也有一些粉丝在传唱。喜欢旅游，走遍国内名山大川，也到过国外一些名胜旅游。

相 遇

翁勤生

相遇

文字里

经历的撞击

共鸣在诗句

拉近南北的距离

笑的甜蜜

在你嘴角扬起

随笔尖流入日记

定格在不褪色的墨迹

温暖我悲凉的回忆

点滴

在梦中堆积

砌成情感大厦耸立

不再把心门紧闭

只为盼着飘来你的气息

也许无法真正拥抱你

也许一辈子相知在虚拟

我都愿意

因为我已走出泪水的四季

因为你已悄然住进我心底

2016 年 3 月 8 日

[作者简介]

翁勤生，笔名醉翁诗，70 后，福建龙岩永定人，系中华文艺学会会员、国际作家协会会员、龙岩市作家协会会员；荣获"全国百强才子"和"实力派诗人"称号；诗作多次获全国大赛一二等奖，一百多首诗发表于《诗刊》《青年文学家》《诗选刊》《诗中国》《参花》等报刊，有作品入选《知否文学 2015 年诗歌盛典》《新世纪新诗典》《中国网络文学精品 2015 年选》《2015 中国文学作品年鉴》《2015 诗歌百家精选》《中国草根作家》《国际诗选》，著有个人诗集《思吧诗语》。

遇上江南

柴 刀

缘于那把剑的痴情

浣纱的女子，入驻了画卷

明月遗漏的灯盏，信手洒下细碎

漾开琴箫披肩的故事

心绪又阑珊，眉尖秀，眸含扑

一盏茶的时间里，浮萍东风西走

擎起马鞭时，江南已越过了剑锋

无处寻觅霓裳

一袭青衫，以孤独喂养青蛇

雨夜里，写一个人的江南

[作者简介]

　　柴刀，本名徐国华，70后，另有笔名华英雄，浙西山区人。闲时爱好涂鸦，无甚目的而写，只是因为喜爱文字，只是为了打发无聊时光、慰藉浮生。在文字的道路上，也未曾获得任何入云之名。

　　诗观：读诗，写诗，一切只是虚幻的无知。

临江仙·遇上

旋 子

宴罢闲庭期故友，东篱叙旧黄昏。
月凉南浦数星雯。
前尘往事，泪染绛丝裙。

那季柳溪罗绶赠，十年萦绊伤魂。
梨云梦冷旧巢痕。
钿钗重试，误了眼前人。

2016 年 4 月 30 日

[作者简介]

旋子（王旋），女，70 后，祖籍山东临沂，出生于广西桂林，现居美国旧金山。诗词家、评论家、收藏家，婉约派词代表人物。蝶恋花诗社国际联盟创始人，蝶恋花诗刊总策划，纸媒诗词副总编，中华文艺学会副会长，中国文艺家协会理事，世界汉诗协会理事、世界传统文化研究院副院长，塞上鲁西书画院人力资源总监，山东诗词学会会员，广西桂林作家协会会员。著有《蝶恋花·语》等。编著有《当代名家诗词三百首》，美国出版全球发行，收藏于美国国会图书馆。

采桑子·春日

邓成龙

推窗已是花开遍，春色无边。绿染田间，候鸟齐居浅水湾。柳丝轻拂西河岸，雪瑞兰山。丽日晴天，蝶舞蜂飞燕语喃。

[作者简介]

邓成龙，男，汉族，宁夏诗词学会副会长，宁夏毛泽东诗词研究会副会长兼秘书长。热爱中华传统诗词创作，创作中华传统诗词数百首，毛泽东诗词研究文稿十余篇。

沁园春·远方

党利奎

　　独自登高，日月争辉，天地交融。望五湖四海，浪奔涛涌，三山五岳，虎斗龙争。无限江山，红旗飘荡，国泰民安醉太平。凌云志，问中华大地，谁主升平？

　　人生如此匆匆。教多少男儿请长缨。忆周郎儒雅，纵横三国，孔明忠义，北战南征。一代文豪，诗仙太白，潇洒神州天下名。盼明日，看狂风怒卷，万里鲲鹏。

2016 年 6 月 25 日

[作者简介]

　　党利奎，中共党员。曾出版文学作品集《鹰击长空》《呼啸的青春》《瞩目银川文化》。获评优秀共产党员、身边的雷锋，科技创新先进个人。

清平乐．挣脱

侯玉红（宁夏诗词学会）

西风紧矣，雁字如何寄？惆怅阶前无好计，枉顾霓虹如织。夜来翠锦难支，风翻落叶成堆。别后不知归么，教人费尽心思。

2016 年 6 月 25 日

[作者简介]

侯雨虹，女，1968 年生，在弘毅教育中心工作。宁夏诗词学会、宁夏西夏区诗社会员，宁夏诗词学会理事，西夏区散曲社秘书长，作品刊登于《夏风》等刊物，在中华文化论坛举办的"迎春诗词联"大赛中荣获词作三等奖。

清平乐·槐花

黄玉贵

南风细细，微语槐荫里。簇簇花团蜂易醉，一树娇红诗意。
杏花过早争春，飘零随水无痕。独有此花恬淡，迟开不减诗魂。

2016 年 6 月 23 日

[作者简介]

黄玉贵，笔名林泉居士，不慕荣利，淡泊好静，乡村炊烟常缭绕于胸，虽身处闹市，自谓田园中人。平生好读书，枕下有书方觉夜有美梦。独自吟咏徜徉于古典诗词之幽径，心系古人，偶有所感，吟成数句聊以自娱，以抒己志！

穿　越

田　凯

在时空里穿行

展开美丽的翅膀

不管时俗

让心自由地翱翔

体味各种人生

行走不同境况

无论天空，无论海洋

绚丽的梦

在笔端恣意流淌

精彩任由想象

意象穿越时光

但无论心如何遨游

脚却依旧踩在地上

2016 年 6 月 23 日

［作者简介］

田凯，女、汉族，1969 年生于河北，现就职于银川铁路客运段。在工作期间，参加汉语言文学专业的自学考试。2000 年本科毕业。2015 年 9 月加入宁夏诗词学会，开始格律诗创作。

中国诗词

爱 玲

生生不息

用五千年的厚积

带着诗经的亲和

楚辞的华丽

从远古走来

用乐府的包容

唐诗的飘逸

哲理诙谐的

穿过宋元

撼动明清

席卷民国

跌跌撞撞

走到如今

虽久经磨难

却不曾匿迹

用美丽的语言

充满乐感的韵律

谱写着人类最真挚的情感

像明珠般

串起一个个活灵活现的人物
把无数珍贵的历史记忆

于是我们看见了屈原
李白还有苏轼
看见了中华民族的气节
中国文人的睿智
看见了诚实正义
浪漫潇洒
忠贞不渝

听见了
大风起兮
采菊南山
老骥伏枥

一江春水
承载着共同的情感
莲叶田田
蕴涵着爱情的甜蜜
醉里挑灯
燃烧着着爱国的炽怀
故垒西边
回旋着跌宕的豪气

植根大中华的沃土
有代代炎黄子孙接力
独立世界文学之林

绽放精彩
尽现优异

2016 年 6 月 24 日

七律·宁波

爱 玲

白墙青瓦绿苔重，水道通达远客盈。
天一阁书播域外，河姆渡址贯西东。
人文荟萃多名胜，禅院精深皆地灵，
口岸通商连世界，和谐安定海波平。

2016 年 6 月 24 日

[作者简介]

爱玲，本名丁玉芳，女，中华诗词学会会员，宁夏诗词学会常务理事、副秘书长，宁夏诗书画影艺术研究会理事。所作收入 30 多本诗词专辑，并长期在《夏风》等诗刊发表。整理出版了《贺兰山岩画研究》《贺兰山岩画百题》。作品多次获奖。

太阳照在孔庙庑檐上

志 鹰

清晨，睁开眼

迎接夏日第一缕阳光

在孔庙的东庑檐角跳跃

红墙，黄瓦，彩绘的图案

隐藏着古人心底的美和秘密

我们是一群守庙的先师弟子

向晚的时候

成群的燕子飞绕大成殿和辟雍金黄色的穹顶

将先师先贤先儒一次次歌颂

藤萝开花，桑葚结果

苍柏荫庇，花香虫鸣

一个人，可以在环水观鱼

可以在牌楼驻足

可以在持敬门静默

可以在柏上桑下与麻雀争食黑紫色甘甜的果子

我们是孔庙的守夜人

白天，我们逃避于游客的喧哗

傍晚，我们与鸟儿，松鼠一起

灰喜鹊在草丛，路畔觅食

小松鼠在树上树下跳跃，舞蹈

有时，那只流浪猫会跳到你的脚边

莫名地与你打闹嬉戏

我清醒地觉知

三十岁后的人生

十分之一的夜晚伴你憩息

你的家在曲阜

故乡记忆着你的喜乐

也品味着你的酸苦

谁知那两千年前的杏坛

连接春风秋雨冬寒夏暑

谁知那硕大的坟茔

七十二贤守孝三年

一日为师，终身为父

谁知道子贡墓庐六载

孔氏后人纷至

集结成今日之孔里孔林和孔府

汉高祖来了

祀以太牢

唐玄宗来了

封禅诗赋

宋真宗来了

立马驻足

康熙帝来了

黄罗伞盖留付

乾隆帝来了九次

不止为他下嫁的公主

汉代以来啊

士大夫之新官上任

必经此拜谒，然后从政

举人贡生们

考试前后释菜奠祭

天下文官祖，历代帝王师

古往今来的文人墨客

无不来此游历

恭恭敬敬，且行且叹息

海内外的游人

惊异于这流传千年的遗迹

静静聆听你的传说故事

他们儿时关于你的警句名言

似一粒粒深沉饱满的种子

在与你相逢的刹那

开花，结果，芳香馥郁

近之则不逊，远之则怨

我们整日里长相厮守

请原谅年轻人的傲慢和轻浮

从来没有一个人

在历史，在今天，在未来

如你般深深影响着整个中国

亚洲和世界

以你为荣

每个人的心底

或高尚，或邪恶

只要有你的影子存在

便如一道光闪过苍茫的夜空

群星闪耀，激活心中永恒的律令

2015 年 6 月 7 日于北京孔庙

[作者简介]

志鹰，本名常会营，汉族，1980年生，山东人。孔庙和国子监博物馆研究部副研究员，衡水学院特聘教授。兼任中华孔子学会理事、中华孔子学会董仲舒研究会副秘书长。是国内许多重要国学研究学会的会员，专著颇多，主要有《〈论语集解〉与〈论语集注〉的比较研究》等。

环宇初开

潘建清

时光透过薄蝉衣，
岁色朦胧星斗稀。
我欲乘风天上去，
九霄曼舞月相依。

[作者简介]

潘建清，号梁溪散人，善学斋主，笔名笑聊。无锡人，1955年生，中
华诗词学会、黑龙江省生态艺术家协会、无锡市诗词协会会员，加拿大（北
美枫）驻站作家，古韵新音版版主。诗词贵在煅字练句，要进得去，出的来。
"路漫漫其修远兮，吾将上下而求索。"

水调歌头·望月

邱家兴

故乡一轮月，皎皎挂长空。悠然闲步、村头遥望水晶宫。我走月明相伴，影落田中玉露，今夜有谁行？只好对菊说，满袖觉香浓。出幽林，转小径，望霓虹。故园好景、独自秋夜享闲情。哼曲小村之恋，沉醉绿茵深处，捉影捕清风。长啸回家去，脚下落花惊。

[作者简介]

邱家兴，笔名秋园主人，山东寿光人，山东师范大学毕业。现为报纸编辑、山东省作家协会会员。2005 年开始尝试写作古典诗词。从事编辑工作之余，进行诗词创作，多发表于微博、微信或友人手机。已出版诗集《秋园词》。

霾

陈一夫

毒已把雾革命成霾
我很自由
可以在往昔的绿林里
大吸特吸毒气
也可以自绝于现实，躲进
金贵的陋室
被迫小吸毒气
被迫中吸毒气
还可以租一处租不起的墓地
自由地任何气也不吸

世界是我的也不是我的
世界属于我的时候
雾是少女的羞涩
是美好里的美好
……
霾来雾去的时候
世界已不属于我
它给我留下的选择，只有：
痛快的自我早死
还是痛苦的被迫缓死

[作者简介]

　　陈一夫，中国作家协会会员、中国诗歌协会会员、北京市作家协会会员。中国金融作家协会主席团成员、理事。出版《金融街》等长篇小说五部，《金融演义——陈一夫金融小说五部曲》一部，《红尘里的红》诗集一部。《爸爸的话是财富的船》随笔一部。

心灵·青春·奋斗

崔锁江

曾经幸福地拥有

那飞翔的自由

曾经卑微地乞求

那脆弱的温柔

亮丽的南方呼唤着

青春的梦想

西湖的波光编织着

心灵的对象

然而学业令我沮丧

孤单让我彷徨

大学生涯的迷乱

考验着求学的信念

毕业后的落难

使我尝到命运的艰险

回家后乡邻的询问

更让我心中落泪

我坚持点滴的进步

凝聚超越困境的力量

及时赢得了考试

重新走向知识的殿堂

宛如沉重的病人

恢复了生命的亢奋

好像万缕的阳光

拨开了阴霾的乌云

雨雪由此止住

风云不再变换

大地受到鼓舞

我是宇宙的使者

掌握文明的快慢

我肩负民族的任务

为开启光辉的道路

我是文化的精英

终会站在历史的前沿

我已超越了引力的制衡

奔赴远方无边的黑暗

我将用一种巧妙的力量

触动世界变化的连环

我将用全部智慧

投入到历史的洪流当中

我是那么迷恋你自由的气质

却只能淡忘爱恋的昨天

我在哀伤中求索

却成了思想的狂狷

无处领受众神的审判

只好发出孤寂的呐喊

只要失败不是一无所有

我愿意继续从事战斗

只要用心有益于世人

我就有执着的勇敢

哪怕生命化做轮回的空转

我也要迈向新的高端

[作者简介]

崔锁江，1977年生，汉族，河北无极县人。北京师范大学马克思主义学院2012级博士生，北京工业大学耿丹学院思政部讲师。出版过《论语的整体结构新解》《中国哲学与马克思主义中国化》两本专著，发表多篇论文；平时爱好诗歌创作。

远　方

沧海年华

触碰，心灵在回响
每一次呼唤
每一处向往

飞翔
理想，跃动翅膀
希望汇合
阳光……

夜微凉
孤独，装满行囊
思念
梦里，泪光……

2016 年 5 月 18 日

[作者简介]

沧海年华，又名彦华，生于 70 年代，内蒙古包头市人，诗歌爱好者。

荔园十二景之湖水明珠·文山湖

——公元 2016 年 6 月夏初

紫藤山

文山湖

六月初

碧波起绉

毕业鼓呼

岸芷汀兰者

风柳焉知秋

结伴二三知已

花开百千红荷

明珠西海倒倩影

大道南海玉山头

明月夜

湖心岛

长笛岭南不系舟!

[作者简介]

黄永健 (1963～)，男，安徽肥东人。深圳大学文学院、艺术设计学院教授。文学硕士（北京语言大学）、哲学硕士（香港科技大学）、文学博士（中国艺术研究院研究生院）。中国作家协会会员。中国松竹体手枪诗创始人。

诗

岛　岛

写一首诗，给不惑的自己
刮净胡子，染一袭蓝布衣
此后的日子，出师表遗弃在北方
我在温润的南方

以水为镜
搭救内心的是一条善良的鱼
穿越北方荒流游入心湖
在我的额头一尾一尾住下

我只想做一枚石头，在沙滩上躺下
等候潮水，打磨成瘦扁的鹅卵石
在每个蓝月亮爬上海面的夜晚
悄悄入水，滑行

余生与诗正躺在月光下
等我驯养
不长刺　不长花
咬下去　有柔软的故事

［作者简介］

岛岛，本名陈波，男，1976 年出生于舟山市岱山岛，定居定海，金融从业者。诗歌散见于《新汉诗》《当代诗人》《浙江诗人》《海中洲》等。

诗

大漠烟尘

诗是一次次超越灵魂的午宴
诗是一群人疯了一般
聚到疯人院
诗是用鸟语将复杂的事情穿成了线

诗是把简单描绘得慌乱
再把复杂勾勒成简单
诗是将光明涂鸦成片
再将黑夜签名为惨淡

诗是抒情的呻吟
是痛苦的置换
是辞章的精灵
是文字的无限阔延

诗是绅士的品格温馨
是少女的青涩初恋
是倦客的登攀
是浪子回头金不换

予我两栋楼房

不如予我一句诗行

我愿倾尽一生的炽热

去倾诉对诗的痴怨。

2016 年 5 月

[作者简介]

大漠烟尘，本名李志国，现在参加诗社：百馨文学社。

诗

行者

是谁
伴我月下煮酒
是谁
陪你晚来踏青

是谁
听你倚窗长叹
是谁
带我放歌远行

是谁
牵你相思如缕
是谁
纵我万丈豪情

是谁
懂我痴心一片
是谁
伴你远望长亭

是谁

让你我相守

是谁

让寂寞常听

红花绿树

雨燕黄莺

此生不弃

唯有诗经

2016 年 5 月 20 日

[作者简介]

　　行者，本名苏国良，海东青诗群，1973 年 12 月出生，富锦人，大专学历，富锦市兴隆岗镇公务员。涉略广泛，富锦诗词协会会员，海东青诗社会员。

诗

冰剑玉箫

研墨泼成了三江之水
削笔立成了五岳之躯
一笔一画写成了一个人
一言一行诠释了一颗心
莫问谁在为了谁

诗与人
没有过预约也没有过绝诀
早一点也好晚一点也罢
在某一时刻某一个地点遇上
跨越时空　深入骨髓

以情驭才是我们灵魂的发声
当我的蓝墨遇上了你的血泪
不管谁做谁的身体谁做谁的灵魂
我便成了你的诗而你便成了我的人
悲欢与共而日夜相随

［作者简介］

　　冰剑玉箫，本名邢贵勇，北美蝶恋花诗社分社长，辽宁葫芦岛人，自幼喜欢诗歌。首创气宗重剑诗派，其作品分为古体诗和现代诗两个部分，以情驭才是其诗歌的精髓。第四届当代实力派世人。

诗

张沫末

须在高峰之上　净土之中
须将古松青柏插满身体
并掏空肺腑
装下欲望，借晨钟暮鼓捣碎
和着日月，星光，高山流水
在青灯之下，吟诵
懂或不懂的语言
从此之后　红尘渐远
一种被称作"诗"的东西
渐渐在顽石上生根
那个迷失在旅途上的女子
突然悟出
诗　原是自己
渐渐稀落的青丝

2013 年 7 月 21 日

远　方

大漠飘雪

如果我是远方
我会站在清晨的站台
鸣响汽笛
静静地等你
载满长长的思念
了却
经年相思

如果我是远方
我会在蓝天白云之上
插上一对梦的翅膀
系上五月的红飘带
飞越千山万壑
带去
我的牵挂

如果我是远方
我会在碧海波涛之上
驾一叶扁舟
划过暗夜的心湖

在黎明之前

泊到

夜的彼岸

如果我是远方

我会在季节的那一头

典藏丰裕的硕果

冰封一季情愫

然后在季节的这一头

期待

春暖花开

慢慢咀嚼黑洞里的那次沸腾

[作者简介]

大漠飘雪，笔名凌墨，女，1970 年生，本科学历，酷爱文学，散文诗歌多发于《西口文艺》及微诗刊各平台，业余设计制作时装，手工艺品，剪纸，面塑。现供职于山西省朔州市中级人民法院。

远　方

雨　陌

风雨摇曳着思念
打开灵魂的心窗
将这无悔的时光
在爱的岁月定格
醉了风
醉了雨
醉了一地柔情

走过尘嚣的纷扰
站在季节的边缘
书写搁浅的诗词章
半掩藏的心事
羞涩了一个世纪
用一首朦胧的诗歌
传递远方

情感如决堤的洪水
穿越冬的重围
扯着春天遥望
流向梦的地方

我把远方折叠

装进行囊

别让灵魂忘记飞翔

[作者简介]

雨陌，本名单珲，女，字亦冰，出身于书香门第，受家庭熏陶自幼喜欢传统文化，爱好诗词、书法、绘画。现为青岛美术家协会会员，师从刘世骏。山东省诗词协会会员，中国楹联协会会员。

多首作品被转载和刊登于文学网站、电子平台，当选2015理念人首届最美女诗人。

作品录选过《梦笔文学》《中华微文学》《大连城市文学》《盈香文苑》《静海书苑》《红崖艺苑社》《诗词世界》《书香雅韵》《当代诗百家》《诗意人生》《惜缘文学》《我爱中华诗词美》《兰花诗社》《河东诗论》《诗与词》《山石榴诗刊》《中华文艺》《微文化联盟》《文化范儿》《当代诗词鉴赏》。

远　方

朱建设

独立层楼望远方，山重水复映斜阳。

故园更在斜阳外，谁有乡愁似我长。

[作者简介]

朱建设，男，汉族，1955年10月出生，中共党员，高级政工师。现任中国书法家协会产业发展委员会委员、宁夏书法家协会副主席。中国楹联学会名誉理事，宁夏楹联学会副会长。宁夏诗词学会理事。

远　方

苏枌北

找寻人生的方向
一如我顺着马儿的蹄音
找寻美的期冀，我无声的梦凝结在心
灵魂在旷野驰骋

沿途陌上花开，宛若诗在远方
滴落的清露，为天地默然诠释
如果，远方是一首诗
我会用轻于空气的言语谛听

此刻，正穿越
风吟低语的路途，与你会合
期盼在碧草如茵的绿洲——你就是
我灵感归依的洞穴

[作者简介]

苏枌北，本名谭国萍。作品发表于全国百余家期刊，入选多种年度选本。曾被评选为《中国文学》社 2013 年度"我最喜爱的十大诗人"、《中国文学》社 2014 年"我最喜爱的十大游记诗人"。

远　方

刘　炜

对于一些寂静的事物

我总是无法把握

一些无形的东西

让内心产生惊悚的波动

我曾在夜色中穿过一片树林

去远方

一只惊飞的鸟

像一根针，刺破了光

只听"啪"的一声

空气里便布满了胆汁的苦涩

只是光明的一小部分

这个世上有许多事物

我们无法看见，譬如空气和风

也只是一些渐渐冷却的温度

对于一些寂静的事物

明天或者远方

好奇或者憎恨

完全可以把寂静多弄出一点声音

就像一条鱼行走在河流里

远方是盘在体内的距离

越走越远

2016 年 4 月 26 日于深圳

远　方

杨　振

月色照见花开的时候
远方总会悄悄落在窗台
以及接踵而至的欲望
都在这刻溶于尘埃
长出新的苞芽

一只鸟栖在枝上
捻一枚柳叶
蘸一缕阳光
用尘世的北风与白雪
画成一草一木

孩子雀跃在老人安详的微笑里
而我也喜欢上这白发三千
去触摸尘世的草长与落叶
去聆听秋夜的雨
去伫立在家乡那条枯瘦的河

在远方
还可以找到小时的村庄

村庄里一定有熟悉的乡亲

一定觅见妈妈

觅见儿时时光

拥一世雨后残红

待一场江南烟雨

抒情诗几行亘古石上

祈祷你能遇上

便不虚千年风沙胡杨

如红尘一粒尘埃

浮生年华　须髯苍苍

我仰望天穹

挥墨纵情

写下世间留白

［作者简介］

杨振，汉族，出生于安徽，现从事电器产品设计制造。自幼热爱文学，擅长诗歌与散文创作，作品深受读者喜爱。文字崇尚质朴、清新，画面感与感染力。喜欢在闲暇时抒写生活，感悟人生，阅读与聆听文字所带来的艺术之美。《现代诗歌文化艺术》微刊创始人。

远　方

大树沧海凝神

穿上四月最后一件外套

把我的灵魂打入行囊

我要去远方

那里一定有我与月光孕育的孩子

有我与太阳签好的房契

我曾经把我的心事告诉一条河流

它喧哗浩荡，为我保守秘密

我曾经把情诗写给一座秀山

她沉静多情，回报我以温暖的风

我和一棵胡杨歃血为盟

把喀什布尔的忠诚刻进彼此的信仰

忧郁着关于未来的命运

走啊，去远方了

摇摇晃晃的火车

是一条饥渴的蚯蚓

在干裂的平原爬行

不断上来一些人

一些昆虫，一些菌类

说着我听不懂的方言

让我焦虑的乡音

越来越远

我抱紧行囊

用一声叹息

安慰我不安的灵魂

[作者简介]

大树沧海凝神，原名李占辉，保定人，网络写手，写诗强调直觉，像火焰烧过草原，疾速无声，而后是烧灼的痛感。

远 方

王 冬

远方很远，臆想腾空也无法接近
梦幻中的遥不可及

远方又很近，一本书，一首诗
一个词藻，便可走进江南
雨巷中的那把折伞，收复了年少的放任
把不羁从体内掳掠

恋上远方的你
肉身虽在固守，灵魂早已沦陷
无数个幽蓝的夜，我在星光熠烁下出走
在你浩渺的柔波中，游弋

不愿醒来。如果可以，请许我
一匹白马，飞踏云端
一袭簑衣，裹尽绵绵烟雨
用豪情煮酒，痛饮三江

[作者简介]

王冬，男，笔名冬雪无尘，辽宁省阜蒙县人。辽宁省散文学会会员，辽宁省传记文学学会会员，阜蒙县诗词学会秘书长，现任盛京文学网沈水之光文学社副社长、《乌兰山》杂志编辑。作品散见于《安徽文学》《白天鹅》《中国作家网》《齐鲁诗刊》《左岸风文学》和当地多家报刊等。

诗观：愿出自我内心的倾诉能走进你的心。

远方

步 云

风，经久不息
像预谋的诡计
绕着一场千年的梦
打转
欲望，在翻滚的漩涡凝结
坚定的誓言
从巨大的轮廓划过
最后
被时间的硬度击成粉末

远方有魑魅之影
更迭的膝盖
站立成山河
或跪成风雨
依稀听见
有狼的嚎叫
如同我骨子里的血
在耻辱的梦里
长久哀鸣

[作者简介]

步云，本名钟步荣，1972 年生，延安人。热爱诗歌，部分作品发表于纸刊及网刊。

远　方

蔡传芳

我缩在夜的角落
瞳孔里旋转的霓虹灯影
忽远忽近忽暗忽明
辉煌下的夜冷落的孩子
凄凉从心底
和灌了酒的夜风相撞

孤单的桥上一个人
尝品悲怆
仰天把泪吸进鼻孔
溶进肠胃企图增添一点热量
似乎有另一双夜眼
在漆黑的天边轻轻阖上……

[作者简介]

　　蔡传芳，笔名网名倾听雨落，女，陕西安康人，现居河北廊坊。重庆初春二月文学社注册会员，初春二月文学社廊坊分社常务社长，安徽省网络作家协会会员。喜好诗词创作，作品曾多次获二月文学征文奖，获重庆市江北区作家协会文学创作优秀个人奖，作品散见《二月文学》《江北文化报》《中国微诗》《辽宁广播电视周刊》《秋之韵文学》《长江诗歌》等报刊。

远　方

只蝶痴梦

我的心，是一只飞鸟
总在神秘的远方做窠
新奇的蛊毒
常令想象与神往的心沉醉

远方的镜像
是心灵描摹的剪影
有时，是南国氤氲的烟雨
有时，是北疆飞舞的雪花
有时，是西域风沙的戈壁
有时，是东海卷起的惊涛

远方很远
它是海角天涯的距离
远方很近
它是心头一阵不定的风

[作者简介]

只蝶痴梦，本名李吉祥，1967 年生。自幼酷爱文学，对诗歌情有独钟。

2008 年在搜狐建博，开始真正步入诗歌创作的殿堂。后在新浪建博。先后加入《中国诗赋学会》《西部作家》《大别山诗刊》。现在《中国现代诗人》《德昌文学网》《中国先锋文艺》任版主。

诗观：诗是文字的原子用心灵的对撞机裂变出的分行蘑菇。

远 方

梅 雪

总是眺望远方
想再看一眼故乡
可再也看不到
那个养育我的地方
心里千万遍呼唤
不知故乡可否听见
从此乡愁写在我的脸上
刻在我的心上
故乡总在我梦里
温暖缠绕我的心房

多想回到她的怀抱
品咂她的味道
二十年后回来
故乡已变了模样
没了儿时的记忆
故乡已成了开发者的疆场
山上搞起了风电
又建了高尔夫球场
我失去了家园
远方却成了回不去的故乡

[作者简介]

梅雪，女，山东青岛人，曾在《中国日报》、新华社《经济参考报》等中央主流媒体从事新闻采访工作20余年。自1988年开始陆续在全国各级报纸、杂志发表诗歌、散文、散文诗及新闻作品并多次获奖。1993年出版《时代赞歌》一书，近一年来给多位书画艺术名家写过艺术专访评论文章。

远　方

冷月青梅

是海鸥飞处，云深不知处
还是轻舟万里，薄日暮
无论是踽踽而行
还是踏前人足迹
我们不都是在漂泊中
煎煮沉浮

有人赋予它敏感器官之名
于是它多了一份媚骨
有人赋予它佛骨香心之意
于是它多了一份神秘
有人赋予它淡淡丁香之愁
于是它格外让人心生涟漪

它常被盗梦者的蝴蝶所惑
它常被种菊人的疏篱牵扯
不化一缕薄雾轻烟
我们都是那只没有脚的鸟
一生
只能落地一次

［作者简介］

冷月青梅，本名孙颖，辽宁省辽阳市作家协会会员。作品散见于《辽阳文艺》《四季花开》《关雎爱情诗刊》等刊物。

诗观：诗歌是我一辈子的情人。

远　方

华小影

江清，月近
露水打湿台阶
以及那些旧鞋印与干枯的树枝

一壶酒　打翻月光
她，在屋檐下逐渐隐去

此时
他正在月白石上
晾晒荒芜

2016 年 5 月 16 日于莱芜

[作者简介]

　　华小影，本名朱玲华，另有笔名天下、华子，现为山东莱芜作家协会会员、青州诗词楹联艺术协会会员。某文学论坛编辑，先后在《汶水源》《中国当代新星诗人通览》《莱芜日报》《莱芜文艺》《山东邮电报》《山东工人报》《鲁中晨刊》《莱芜新闻网》《望月文学报》《赢周刊》《老年日报》《青州诗联》《望月文学》及委内瑞拉《委中商报》中文版等各大报纸杂志上发表作品 400 余篇（首）。

是否还要找你

丛守武

我率乾坤精骑

冰河铁马奔袭

扫掠宇宙洪荒

几个百年几个世纪

只为找到你的消息

鞭打昆仑泰山

驾虎骑狼突击

饮马长江黄河

几回生死几多悲戚

只为找到你的消息

阅观天球河图

书写江河大地

甲骨竹简帛宣

揽尽四书五经秘籍

只为找到你的消息

茫茫大海天际

拨浪驱雾散霓

雷鸣风狂电掣

刀刻心诀眉头不凝

只为找到你的消息

灯红酒绿未迷

荣华富贵不喜

红颜千帆过尽

今落得个茕茕独立

只为找到你的消息

寻你盼你想你等你

苦苦度过几个世纪

探你询你叩你问你

是否还要继续找你

[作者简介]

丛守武，资深媒体人，独立作家，"中国城市优秀诗人"，其诗歌在加拿大、欧美、新加坡等国华人中有喜爱的读者。四川省企业家摄影协会常务理事、副秘书长，四川省国学文化促进会执行秘书长，四川省社科院中华儒学研究中心特约研究员，创作有歌曲、电影主题歌、企业专题片、诗词赋、小说、散文、报告文学、长篇纪实文学、电影文学剧本等 200 余万言；独立策划并为主实施刘德华赴四川，接受四川慈善大使受誉仪式及实现刘德华拜四川变脸大师为师活动。纪实文学感恩丛书之《人说晋茂好风光》获 2012 年四川省"五个一工程奖"特别奖。

莺啼序·遇上轻别离

心 梦

春光满园泛滥，醉眸回首处。
俏紫燕、绕柳翩然，窃笑仙女愁绪。
独自泣、知谁晓否？年年岁岁春寒雨。
叹如烟疏柳，轻依碧水无语。

再遇繁花，不与君聚，怎留春常住？
多少泪、浅笑深藏，任凭情事缕缕。
念成丝、碎空转瞬，缘断茧、痛痕长驻。
纵多言，残病心寒，旧筝琴怒。

诗书终老，梅雪缤纷，却是惆怅旅。
青草绿、音怜楚楚，别后爱舍，
浪迹天涯，梦寻陌路？
问南飞雁，梧桐可瘦？鲛绡透湿零珠坠。
忆当时、谈笑朝还暮，新诗旧迹。
不觉憔悴颜容，对镜单画悲舞。

江南怨曲，千里相思，笔墨兰台许。
读平仄、鹊桥谁顾？点点流光，
终不堪抛，纤指沾露。

魂留寸藕，裁云笺卷，桃琴频漫韶华步。

去冰霜、嫣紫秋词抒。

柔帘碧月遥宫，依旧仙风，婉初青树。

[作者简介]

心梦，本名何智仙。祖籍山西山阴人。自幼酷爱古典诗词，笔耕不辍。大学毕业至今一直从事大专英语教学，副教授。民主促进会会员。业余从事翻译工作，现为北美蝶恋花诗社副总社长，总编室负责人，山西分社社长。蝶恋花诗刊双语专栏主编，纸媒《诗词》副总编，塞上鲁西书画院人力资源部副总监、国际交流栏目总编、世界传统文化研究院副秘书长。

远　方

徐小爱克斯

摘下眼镜，或许看得更清楚
转过身
再远一些，油画上的塔尖
静静立在光影里
采摘杧果的修女们，擦着额头的汗
仿佛听到有人说话
把眼睛闭上
千里之外的你，站在我面前
我有点腼腆
说到写诗，我很茫然
还不如说说姻缘
我预备好了阳光、雨水和空气
剩下的就是时间
给了一颗籽，发了一颗芽
现在，我有点怕
必须离得更远一些
我说的是思想
思前不容易，退后更难

[作者简介]

徐小爱克斯，本名徐晓健，1969年出生。诗歌散见于《诗刊》《诗歌月刊》
《诗选刊》《长线诗刊》《三峡诗刊》《自由诗刊》《九月诗刊》《诗歌

在网络》《齐鲁文学》《夏季风》《旅馆》《白诗歌》《中国平民诗歌》《顶点诗歌》《桶》《新湘语》《华语现场》《新生代年度诗选》《中国新诗年鉴》《诗生活年选》《汉诗评论》《诗三明》等期刊和选本。著有诗集《可可西里》。现居南京。

远 方

指尖沙

我从远方之远而来
又将归于远方的远
将信仰归于大山深处桑林的葱绿
将自由归于江河深处水滴的洁白
将诗歌归于灵魂深处葬满的殷红
等待或者远眺
都被风儿轻易地发现

人，总会在近处躺着死亡
诗，却能在远处站着永生
将生死置之度外的勇气归于生的节奏
将理想趋之若鹜的激情归于活的步伐
将厚度生死疲劳的挖掘归于撰的笔尖
将崇高如饥似渴的仰望归于立的爆破
不在近处，就在远方之远

远方之远，我点燃生命的狼烟
埋伏的敌人，将我围个水泄不通
他们击溃我挺起的炮筒
阉割我奋蹄飞驰的马匹

决断我的生死，轻蔑我的厚度

用一堆碎骨赴会，挞伐最后一滴蓝

红色泥土里，我的骨灰肥沃，花果芬芳

[作者简介]

指尖沙，原名张耀月，颍上县人，作品入选《华语诗歌年鉴》(2013-2014卷)、《中国青年诗人精选》《诗年华》《当代诗人》《中国 80 后诗典》等诗文合集，作品散见《诗歌月刊》《诗歌周刊》《大别山诗刊》《齐鲁诗刊》《安徽文学》《长江文学》等文学刊物，独立出版诗集《指尖沙诗文集》，曾策划了"全国 80 后诗人研讨会""寻找美丽的阜阳"全国大型征文活动，参与策划安徽逍遥中秋诗会、安徽逍遥文化艺术节等大型文学活动。逍遥文艺沙龙副会长、阜阳市青年作家协会副主席，《逍遥文艺》主编。

远　方

娉娉如玉

在地图上寻你时，窗外柳丝缠绵
风声很近，几只麻雀躲在枝叶里
收拢翅膀，这是初夏的午后
光阴慵懒

我的手穿越一个个山峰、河流、城市、村庄
触摸到你，千里之外的体温
一层水雾瞬间漫上来
淹没沟壑

你在雨中的街角伫立，空气的潮湿
抚过你的肩头。从背后环抱你
那条河不远，向前走
不会迷失

我的诗句就藏在那圈圈涟漪里
雨荷的香味，在你耳边，窃窃私语

[作者简介]

娉婷如玉，本名陈平，辽宁省阜蒙县第四中学语文教师，辽宁省散文学会会员，白天鹅诗歌协会会员，阜蒙县作家协会会员，作品散见于报纸杂志文字平台。一个喜欢用心写字，诗意栖居的小女子，一个守着心灵深处的素简时光，记录闲淡清欢的小女子，灵魂纯净，内心丰盈，嫣然娉婷，如玉风骨。

远　方

步行者

鱼的远方是海洋

积蓄毕生的力量

只为一次逆流而上

明知洄游是最后的悲壮

也要把新的生命

辉煌在生它养它的故乡

鹰的远方是天空

收紧搏击了四十年的翅膀

静静守候一处山之巅

磨去喙　拔去爪

带血的涅槃

让重生有了更辽阔的蓝天

天空的上面是天空

群山的后面是群山

以梦为马的远方在何方

我是该洄游还是该涅槃

当我仁马远望

猛然发现　自己

一直骑在远方的背上

[作者简介]

步行者，原名林乃阐，70 后写作爱好者，浙江温州人，毕业于浙江师范大学。现从事教育事业。大学期间，曾以笔名林默然创办文学社并创刊《异域风》。

遇上诗和远方

郭门周

诗笺上搁置的笔，静静地躺。那是被谁搁置的时光。
犹似，灵魂搁置某个雨花深巷。旖旎春色，
次第释放着馨香。在雨巷，在牧野，在微澜山岗。

柔柳悠然，在垂钓远方的诗。斜晖。霓影。飞矢。鸟鸣。
垂钓一个凌空飞旋的银羽，和凝眸相约中的爱怜深情。
垂钓，一湖锦瑟晚风，诱惑，倒影里叠加的峦峰。

重叠相邀的脚步，是情爱的记忆；是廊桥，亭榭的掠影。
是世俗藩篱的一个高度跨越；是青春年少无悔的，叛逆。
是一挥手，拂袖被风挟持的岁月，或是不经意一夜白首。

殊不知，你，我，他，只是铺设生命的前序。书写在路上。
顺动车铁轨指引的方向旅行。沿途，或上或下都是起点。
终点不是延伸的彼岸。而是，诗，灵魂，拟将栖息的天堂。

[作者简介]

　　郭门周，文学达人，现居湖北省。北美联盟机构蝶恋花诗社副总社长
总编负责人。蝶恋花陕西省分社社长。首届网络十佳诗人，多次参加全国

文学大赛荣获嘉奖，获得过 2003 年全国诗歌散文大奖赛"清风杯"荣誉证书；出版小诗《随感集·短语》。荣获 2011 年全国文学邀请赛"诗文杯"荣誉证书。荣获 2012 年新时代优秀网络诗人荣誉称号，荣誉证书。诗作发表于《经典文学》，收录于《"诗文杯"全国文学邀请赛获奖作品集》《新时代十佳网络诗人诗词精选》等书。

乡愁·远方

蔡芳琴

门前的小溪
已流尽一世的相思
赤裸地暴晒着它的干涸

村后的古井
已割断一生的爱绵
寂静地藏匿着曾经的甘甜

院内的老槐树
已飘落了厚厚的芬香
失意地回味着给予味蕾的骄傲

而阡陌的远方
母亲的皱纹
已爬满袅袅的炊烟

父亲的锄头
在屋角张望着空荡的山谷
这是
我捧在手心无法割舍的乡愁

2016 年 4 月 25 日

破阵子（远方）

楚龙吟

拂了衣襟尘落，携来书剑相凭。
杨柳初青挥袖去，长路崎岖踏雪行。
江山任纵横。
莫笑楚人狂语，应怜振臂多情。
南北三千知己在，一脉风流功业成。
还余万世名。

[作者简介]

楚龙吟，云龙诗社社长，40岁，湖北人。素喜古诗词，尤喜苏辛之风。

邂　逅

觅雪嫦晴

青山不语

在季节的背后

独守那片梦的海洋

静夜里流淌

放纵一个粲然的回眸

谁来清洗

漂泊的尘埃

无意中的一次邂逅

贮下

一生的桑田

[作者简介]

觅雪嫦晴，本名王丽华。中国诗歌学会会员、天津市作家协会会员、大众文学会员，中石化作协会员。红袖添香文学网、江山文学网站、好心情文学网签约作家，曾在多家报纸杂志发表诗歌、散文、小说等。诗歌入选各种年度诗歌选本。出版诗集《雪语晴歌》《觅雪嫦晴诗歌精选》，合集《十面倾城》。

邂逅

丑考拉

如果有一天

我不得不离开你

可否

让我的影子

借用你心的一隅

静静聆听你智慧的低语

化解泛滥的思念

抚慰那无关风月的相知

时光深处

风无言　月无痕

唯有心事千千结

岁月悠长

生命对于我们

只是花瓣朝露

生活的无奈

承载着太多的情非得已

假如有一天

我真的离开了你

让我为你写一首诗吧

在寂静的夜里

也咽然失语的悲怜

轻轻为你低诵

这前世今生的爱恋

缅怀这生命里最唯美的邂逅

2016 年 5 月 25 日

[作者简介]

丑考拉，本名郭文欣，女，江西吉安人，闲暇喜欢与文字纠缠，爱好广泛。

邂　逅

康　泾

一条狗与另一条狗邂逅

主人也与主人相遇

我看不出这对男女

有多么亲密，但是他们的狗

已经如胶似漆

短短几分钟

一条狗从另一条狗

身上下来

摇摇摆摆，扬长而去

就像它的主人

望着另一个主人

用眼神完成一次

愉快的旅行

2016 年 2 月 22 日

［作者简介］

康泾，本名陈伟宏。浙江省桐乡市作家协会主席，浙江省作协会员。在《星星》《中国诗人》《散文诗世界》《江南诗》等报刊发表诗作。著有诗文集《稻草人》，主编诗集《寻找》。

邂 逅

秋若尘

雨水降临时

造访者还没有生出反叛之心

帝国小城的居民们正在安居乐业

山河寂静

明月高悬

风在风中缠绕，鱼在岸上

虎豹和丛林

在他的遮蔽之下

五月依然盛大，不给繁花凋谢的机会

这虚妄的美

已到极致

[作者简介]

秋若尘，原名李新艳，女，70后，河南商丘人。作品散见于《诗刊》《诗潮》《中国诗歌》《山东文学》《河南诗人》《山东诗人》等一些刊物及汇本，崇尚随性本真的写作。

邂 逅

空格键

我不喜欢海
海让人看得太远

我喜欢脚边的一片烂树叶
树叶旁的一只蚂蚁

我想认识这只蚂蚁，想在三十年后
再邂逅它

在那时
我会觉得自己正从海上归来

2016 年 5 月 5 日于醴陵

[作者简介]

空格键，本名邓志强，1975 年生，湖南醴陵人。诗歌见于《诗刊》《人民文学》《青年文学》等期刊。有诗歌入选《21 世纪诗歌精选》《中国当代诗歌选本》《中国当代短诗三百首》等选本。

邂　逅

封期任

你的浅笑，拂过
心的门槛
无意，或有意
扣住我
匆匆脚步

站在你心门之外
我有意，或无意
把一枚夏花刻在心间
不让酸涩的雨滴
穿透

一个心痛的故事
在昨天
化成一声汽笛
扎得我的眸子
一阵一阵的　痛

我悉数将散落的文字
串成一阙宋词，让这风起青萍

花起蕾期的缘　在秦少游的词牌里
不在若是，若不是
失之交臂

2016 年 5 月 25 日

[作者简介]

封期任，网名阿凤，贵州省贞丰县人，贵州省作协会员，有作品600余篇（首）散见于《诗刊》《星星》《散文诗》等多家报刊。著有诗集《苦楝花开》、散文诗集《舞蹈的灵魂》。

邂　逅

潘志铭

夜，月光，疼，血和麦子……
这些长着芒刺的字眼进进出出，终于
从我心里剐出一块肉来
两个相隔遥远的人，一旦在诗里
邂逅，捂不住的火焰
将骨头烧得通红通红

我喝酒的姿势同样危险！没人知道
这一生我们患过多少不治之症
到过多少不毛之地
蒲公英的花蕊开满忧伤
面对一切否定　一点一点拨开春天的路
把星光挑亮

我醉了，就在你的诗里鼾声如雷
醒来，又披上你的诗句
踉踉跄跄，跌入摇摇晃晃的
人间

2016 年 5 月 25 日

[作者简介]

潘志铭，1979年生，现居云南大理，诗歌爱好者，诗作散见各地报刊。当过农民、医生、小贩、养路工人，换过不少职业，唯对诗歌痴心不改。倡导平凡处世，平静为诗。

邂　逅

追梦人

曾经与你邂逅

枫叶透红的时候

足印在蔚蓝的天空下舞蹈

柔情蔓延红枫间畅游

温馨浪漫时刻

诗情涌动指尖春秋

如今时光悄然而去

年华付水东流

失去的不堪回首

怎能再风雨中同舟

伴随着落叶纷飞

洒落一地落红

望眼欲穿情归何处

一丝落寞平添几许哀愁

2016 年 5 月 23 日

歌诗达之歌

雷 人

只有不断突破的起点
没有终点，啊
我亲爱的歌诗达！

您，把大海犁开一条缝
您，驶向远方的梦和阳光
驶向
天地
合围的地方

大海
是少女温存柔软的小腹
大海
是男子汉广袤的胸膛

潋滟嶙峋的浪花
是大海呼吸的毛囊
汹涌澎湃的起伏
是大海无法掩饰的情肠

我们扑向歌诗达

歌诗达

满载着我们的情怀

驶向

蓝天白云和梦

驶向

阳光月光和星光

备注：歌诗达为意大利远洋游轮

[作者简介]

雷人（1949--），本名雷玉华，河北东光人，现居天津雷人诗吧。
企业家，12项发明专利发明人。诗人、律师、讲师、一级建造师、翻译、
书法家。60岁开始写诗，已出版《雪的颠覆》等6部诗集。多篇作品入
选各类年选，并被翻译成英文、俄文、罗马尼亚文、法文等文字在多国发表。
汉译英诗歌作品入选《国际汉语诗歌》，翻译美国总统唐纳德·特朗普自
传《交易的艺术》，另有美国长篇小说《红眼睛蓝了》等70万字译著。
诗歌获奖：
中国诗歌学会 "2014中国诗歌贡献奖"
《诗词之友》"国粹杯""2015桂冠诗人"奖
人人文学网2015"中秋之月杯"一等奖（今夜，我嫁给月光）
"2015诗歌特别奖"，2016中国诗歌春晚征文大赛银奖（长城赋）
雷人书法作品参加"中国当代诗人艺术展""2016中国榜书家年展"。
入选《中国当代著名诗人作家手迹》等。

邂　逅

小月亮

我想去遥远的地方，

却看不见要去的方向。

漫漫旅途中，

我只有盼望，或者

日日昏昏欲睡。

突然，附近有人在说话，

我好奇地睁开了眼。

原来是一位年老的长者，

在我对面不远处，弹琴歌唱。

我感到烦恼。

走向前，并向他说道：

"请默默独坐，不要弄出响声，

将我的宁静破坏了。"

那老者看了看我，

什么也没说，他的弹奏声，

反而越来越激越悦耳，

我感觉像电流般进入我的全身。

我不再低头沉默，

也不再对外界不闻不问，

我跟着音乐的节奏，

跳起好看的舞蹈。

[作者简介]

小月亮，原名盛紫霄，女，陕西省渭南市人，网络诗歌写手，中国先锋诗歌导报执行版主。出版个人诗集《华山吟》，主编《百名诗人作品集》。提倡"向下、写实，自然、经典"的诗歌写作理念。

邂 逅

高 桥

第一百零一次，我们
在这趟车上不期而遇
为了纪念逝去的日子
我给你写了一百首诗
每首诗都有个站名

凤林村站，再次看见
浅灰色的挂包
轻轻触碰你的小蛮腰
淡蓝色牛仔裤
紧紧拥抱你的大长腿

我多么想像白色布鞋
把玩你迷人的双足
凤林村啊凤林村
我们的眼神，空中交汇
穿透密密麻麻的人群

4 月 29 日于佛山

[作者简介]

高桥，男，1978 生人，现居广东韶关。
诗观：生活，随性，思惟。

邂　逅

伊　萍

蝉儿
在未填词的树干鸣唱
一个音符跳进一个音符

田野流水般的稻香
人间词话
一样意味深长

我愿在你的掌心
化成一片海用绵绵的身体
保护着世界沉浮的心脏

我愿在你的眼睛
化成一场大火　燃烧
青春和夜用半滴泪绕着赤道回来

轻轻呼唤
青铜的酒杯盛着春天的旧梦
从长长的巷子飘来

2014 年 6 月 22 日于金都名园

[作者简介]

伊萍，原名吴少平，无忧诗社副社长，广东廉江人。有诗歌、散文、杂文、小小说等多种作品发表在上百家报纸和杂志。出版诗集《萍水相逢》和《火与雾》。

邂 逅

会飞的人

爱菲玩了一场宫廷盛舞之后
把我拽进她的酒梦里
一半和她天涯海角
一半为她泡茶，洗脸，以及
收拾宫廷余震

她哭都哭得那么美
我就无法脱逃
如果她一定要赖上我就要了吧
说着奋不顾身的故事和
焚烧残局

那些人间游戏没有闪耀一个结果
我站在你对面
跟在你身后，附着在你身旁
我发现，我可以一直
笑着

邂　逅

清月无痕

空气越来越紧
我又翻了一个身
一只蜗牛在那口老钟的边缘开始晃荡
它一定是又错过了一次倾诉

时间被黏在地板上
我用手抠，用刀刮
它就是不动
那么，我就只有再一次躺下了

这样的夜晚真让人无可奈何啊
雨声如注
我把背朝向门的一侧
——你走了进来

如梦令·邂逅

王晓亮

常忆此生初见，烟雨画桥油伞。

顾盼也生姿，水样秋波流转。

相念，相念，看遍桃花人面。

2016 年 4 月于银川

[作者简介]

王晓亮，男，1981 年生，大学学历，宁夏日报报业集团记者，宁夏诗词学会会员，宁夏黄河诗会会员，酷爱中华传统诗词。诗词作品散见于宁夏诗词专刊《夏风》。

心 灵

陈秀杰

不知从何时起
麦田里的风车已不再旋转
不再有鹰的消息
从亘古传来

是什么带走了全部诗意
让三月开成一片空白
拒绝写诗的女子
玉指轻绾发带
搁浅潮湿的纸砚

草长莺飞的季节
闻不到一丝花香
任甘露哺育万物
滋润不了荒芜的情怀

漫长的等待
精卫汪洋那片海
什么时候
囚鸟才能抽丝剥茧

飞出一个明媚春天

[作者简介]

陈秀杰，笔名听雨轩，中华诗词学会会员、中国诗歌学会会员、中国楹联学会会员、广东楹联学会会员、惠州作家协会会员、香港诗词学会会员、世界汉诗协会会员。多次获得全国诗词比赛大奖。

心 灵

桉树林

向往淡泊的心灵，
似一抹阳光，
穿透厚重的森林，
暖暖地洒在身上。

向往淡泊的心灵，
似一弘山泉，
流过蜿蜒的山涧，
缓缓地淌进心田。

向往淡泊的心灵，
似一朵小花，
扎根于贫瘠的土壤，
静静地绽放隙缝。

向往淡泊的心灵，
似一颗流星，
穿越过沉沉的黑夜，
默默地点亮天空。

向往淡泊的心灵，
有一颗与世无争的心情，
有一份无忧无虑的感悟，

有一种清新恬静的满足：
云淡风轻，岁月静好！

2016 年 5 月 18 日

[作者简介]

桉树林，原名李蜀南，华西医科大学本科毕业。美国明尼苏达大学博士。现在美国加州高科技公司从事生物化学研究工作。作者从大学时期，结缘于文学，喜欢用写作来表达生活中的唯美。中华文艺中级会员，其诗歌曾经在《中美杯》2016 年的比赛中，获二等奖和三等奖，诗歌与散文分别被收入《中华文艺诗歌名家》与《中华文艺散文名家》。

心　灵

赵生斌

多年前
父亲照着一块铁的模样打造了我
幼小的心灵在烈火中嘶鸣
再扔进水中淬火　再从水中投进火中
如此周而复始

父亲以为
打成剪刀
可以剪断岁月
打成枪
可以挑落满天星辰

打成刀剑
可以斩断忧伤
打成锄头
就可以耕耘
脚下厚实的土壤

可是　我被疼痛的风沙迷失
在一本又一本的日记中

只画了一道疤痕

因为扉页和尾声之间

只隔着一条伤疤

[作者简介]

赵生斌，男，1962年生于山西省大同市，国企干部。作品散见于《山西文学》《燕赵文学》《齐鲁文学》《诗意人生》《作家导刊》《当代诗歌》等20多种专业期刊和多家报纸。

挣 脱

陈晨佳丽

我看见山顶的落日
想登顶
脚下却满糊泥泞
沉重得迈不开步伐

我听见远方的热闹
想远去
身后却是复杂的眼神
盼望我落地生根

想去更高的地方俯瞰大地
一根线缠住了我的腰身
带我逆着风
跟着它的风向跑

想尽情合一曲舞
沉重脚镯敲打着骨骼
想寻觅光明前景
你却蒙住我的眼睛

可哪怕夸父逐日

哪怕飞蛾扑火

也请给我自由

去沐浴涅槃的火

2016 年 5 月 10 日

[作者简介]

陈晨佳丽，四川姑娘，芳龄 20，天秤座，B 型血，为人上进而又懒惰。喜欢唱歌、运动、看小说，热爱写作。话说诗歌真是写作里最难的啊，目前在读大二学生。

挣 脱

闲散雅士

仰天嘶吼命运啊
为何要让这自由而高贵的灵魂
进入这卑微的躯体
像枷锁一样将之束缚
轮回不休

虔诚膜拜至尊的主啊
为何将逍遥无忧的我
谪落这无尽的苦海
像没有航向的渡舟
独自徘徊

抗争 抗争
我将倾尽所能
谱写自由的音符
挣脱世间的枷锁
主宰自己的命运

2016 年 4 月 29 日

[作者简介]

　　闲散雅士，本名张力闰，东北吉林人士，自幼家贫，18 岁后，四处浪迹游学，感悟人生。从事过多种职业，因喜国学诗词，便自行摸索修习至今。目前涉猎茶界。

挣 脱

DQ 简

想学陶渊明，辞官回家种田
种上杂诗满园，不用韵
不分行任其生长

也种几垄假话，看
它如何发芽
如何长大

花只种三朵，一朵留在家厮守
一朵远寄到天涯思念
一朵送给林妹妹

再种上一腔豪气
足不出户
也能行走江湖

如此种下日子、浇灌日子、收割日子
在四季里
微笑，流汗，惆怅

冬天冷了，就守着炉火
翻开旧事，烧一捆
谎言取暖

2016 年 4 月 2 日

[作者简介]

　　DQ 简，黑龙江省大庆市人，中国石油大学毕业，高级工程师，大庆油田电力集团电力营销公司党委书记，系中国现代诗人协会理事。偏爱写作，喜欢用简单的文字表达流动的情感，2013 年开始诗歌创作，作品散见《新诗歌》《若水诗刊》《石油文学》等刊物，入选《世界汉语文学经典微诗 100 家》《诗人与红高粱》《2015 年中国诗选》等选本，获中国诗文奖金奖、第二届红高粱笔会银奖等奖项。现任《天下诗网络》微刊主编。

挣　脱

刘合军

墙低低头

风就过去了

山低低头

月亮就过去了

我低低头

日子就过去了

灵魂落在草尖的露水上

影子就会走得匆忙

把所有的巫术

装进黑色的陶罐

连着灿灿琉璃以及宫廷

再封上五千年的白蜡

谎言一成不变

他世袭的那些秘籍

高于游走的妖孽

干号的烟尘受咒语捆缚

谁又来破解

那一地的月色皎洁

挣　脱

张奎山

尝试着流浪
脱开风尘里的阻挡
让心在旷野中徜徉
不在乎俗世营营的惆怅

总是太多无奈和忧伤
泪水模糊过眼眸里的清亮
盼着月光，带着梦想
一起奔赴月白风清的渴望

多少次爱恨绵绵的激荡
多少年痴心不改念念莫忘
我知道的故事里
总是用孱弱替代坚强

挣脱命运的围墙
我们终究活出想要的模样
风骨下情怀隐藏
黑夜里星子散发不屈的光芒

2016 年 5 月 2 日

[作者简介]

张奎山，《燕京诗刊》签约诗人，《林子工作室》专栏作家。心怀悲悯，看花开花落、世事轮回，以文字抒发心声和衷情。有作品散见于纸媒和网络平台。

雾　霾

梧桐夜雨

以隐形的模样逼近，吸进来吐不出
就像某些人的爱情
带着毒素，横亘心间

碧海青天、红花绿柳
曾经的小桥流水，都在视野里消隐
近处不明，远方迷茫
别说，月朦胧、鸟朦胧
在自己的影子里，反复跌倒
再不见，四季分明

[作者简介]

梧桐夜雨，本名周益慧，女，中学教师，陕西安康人。爱好散文及诗歌创作，触网创作以来，曾在全国各种大赛中获奖数十次。作品散见于网络各大论坛及《时代文学》《参花》《文学月刊》《中国魂》《岁月》等百余家报刊。有作品入选《当代实力诗人一百家》《牡丹好诗歌》《2014年安徽文学诗歌年选》及《最美的风景》《2016年安徽文学诗歌年选》等大型选本。曾任第一届"中华杯"全国诗歌大奖赛及第一、二届"太白杯"湖畔诗歌大赛评委。现为中国诗歌学会会员、陕西省安康市作协会员，风起中文网短篇签约作家，《望月文学》编委副主任。现已出版个人诗集《白雪词》。主编校报《晨曦文学》，参与主编《湖畔》《望月诗歌精选集》。

文学观点：用心灵触摸世界，用文字诠释生活。诗意歌吟，唯美纯净。

心　灵

于秀萍

诗书满腹吐清香，开启心灵正气扬。

济困扶危怜老幼，人间处处有阳光。

[作者简介]

　　于秀萍，网名蓝荷听雨，女，汉族，中宁县人。宁夏诗词学会会员。酷爱诗词，从 2015 年 8 月开始学习格律诗，作品已在《宁夏新十景集》和《夏风》发表。

雾　霾

奔跑的麦芒

这该死的小妖精

在我的体内恣意穿行

胆大包天

它妩媚的躯体贴着我的肌肤

它让我呼吸急促

让我不能自已

那妖狐的迷惑

缠绕着无止境的欲望

它一次次将我烧成灰烬

又将我的天空熄灭

它的目光带着波涛

它全身长满锋利的刀刃

泛着惨白的光

落在风化的石头上

这时尘世的交欢退潮

我开始步入一朵莲花

等待布衣上的清风

生出亲爱的烟火

大地沉睡　万物安静如兰

我要回到昨天

回到最初的泥土里

重见天日

[作者简介]

奔跑的麦芒，男，70年代生人，爱诗，爱生活。

雾　霾

唐诀心

我不想说出这些忧郁

在五环以外，我在找寻

那些浩荡的羊群，向时光深处

缓慢挺进的雁影

我在找寻太阳的微笑，却伴着

更多的阴影，和迷离

我不想说出这些忧郁

但浓重的雾霾，已冷冷地捂住

原野，村庄，溪流，以及矮下来

隐没在树丛里的楼群

也就那么轻易地捂住

我诗中，这一声低微的鸟鸣

有时，我会忍不住咳嗽

咳出肺里的郁闷，脆弱，忧虑

咳出我沙哑的声音：祖国，我这一颗

小小的心脏，已藏不住

这些沉重的秘密，藏不住

喑哑的呼唤，像树木一样旁逸斜出

是的，我不想说出

我的忧郁，我的隐痛

这来自低处的声音

带着海水一样湛蓝的希冀

在一颗心的峡谷

像一只鹰，还在久久地盘旋

[作者简介]

唐诀心，江苏启东人，工地安全员，建筑企业报刊诗歌专栏作者，江苏南通作协会员。最近四年来，在国家建筑杂志、中国建设报、江苏建筑业、扬子江诗刊、绿风诗刊、关雎爱情诗刊、上海新民晚报、江苏东方文化周刊、沙地季刊等发表诗作。

雾 霾

黑 子

1

一连多天扑腾在雾霾的笼子里
一架飞机在我的肋骨里迷失
乘客们无法镇静
烧干的蜡烛自动回到黑暗中
冒着白烟

2

一连多天口罩封住嘴巴
携带由白而黑的呼吸
我们额头碰到额头，彼此认出
点头，举手
好像语言不通的鱼

3

这城市无数触角的巨型水母
无孔不入
记忆在镜后展开的花园里散步
镜子战栗、碎裂
雾霾中有一种时间被烧焦的味道

［作者简介］

黑子，原名马云超，另有笔名东鲁散人、公子小黑。1969年出生于吉林长春。山东淄博人，现居内蒙古鄂尔多斯。创作大量诗歌（包括儿童诗、儿歌、现代诗、古体诗）和散文、小小说及文学评论。著有儿童诗集《左手船右手海》、短诗集《短歌三人行》（合著）、现代诗集《嘶哑》。

秒 伤

契 合

一秒
尽扫描
你的魂魄
分出了黑白
经纬远了美丑

风骨
已软化
性情全无
呻吟如蝉鸣
找不到愤怒的神经

一戳
湮灭尽
弹指一挥间
废了孤男寡女
佛净一门山水空灵

寒风
舞长袖

长街当空

飞雪弄淡月

任你唏嘘风浪吼

一网

群喧闹

飞越隔空对

星火藏身放豪情

醉了前世英雄引颈高歌

2016 年 1 月 25 日于北京上地

[作者简介]

　　契合，本名宋娟娟，湖北武汉人，现居北京，山东散文学会会员，一个完美与浪漫主义执着者，2006 年被评为全国美女博客十二钗，2008 年出版《情漫红尘》文集，在多家媒体刊发诗歌数百篇。

天 语

荞麦青

我只要一种素蓝
像村姑夹袄的兰花
飘过乡间

我已流洒了太多的雨瀑
冲洗你们血迹斑斑的脸
原谅我
我已疲惫不堪
泪水就要流干
也无力吹起四五级的西北风
再把越来越多的霾毒吹散

谁把城市捏成一个个火柴盒
又在火柴外不停划燃硫黄的云烟
雾气缭绕中想接近天堂
还是地狱边沿？

2015 年 12 月 15 日

[作者简介]

荞麦青青,女。现居住河北石家庄。诗歌爱好者,20世纪80年代末曾在《诗神》《诗林》《石家庄晚报》《太原日报》等纸媒发表诗歌。后来不再投稿,随心随性写作后,只作自己留存。作为环保志愿者,多年来一直致力于环境保护,其事迹曾刊登在《中国环境报》上。

雾霾歌

刘祖荣

天乌乌

地糊糊

似雾非雾

欲躲无处

轻者只咳嗽

重者如中毒

红绿灯难看清

过马路全靠赌

遛狗只闻狗叫声

可怜口罩它不符

慢慢走

轻轻步

小心撞到铁老虎

2016 年 3 月于香港

[作者简介]

刘祖荣，男，汉族，70 后。生于福建泉州。1990 年移居香港。香港
文学促进协会成员，香港诗人联盟会员。

雾霾锁城

海 星

雾衣长
大地苍茫
十里楼廊
百盏昏光
千尘荡
平湖落沙万点殇

浮尘入眸
黄烟熏妆
怨
初上愁肠
风姿
锁在雾霾城邦

时光流淌
一场云烟过往
霾辰短彩虹长
红尘滚滚有新阳
一壶茶香禅静品
一树芳华洗风狂

裁一帘明媚的艳阳

装入椰风的行囊

洒向五湖四疆

巨长的人世

长成碧海蓝天的模样

香了岁月荡

2016 年 5 月 12 日

[作者简介]

海星，本名刘英秋，女，祖籍辽宁，现居黑龙江大庆。中石油大庆分公司员工，喜爱文学，部分作品散见网络平台。

雾霾锁城

沈明灯

地震，海啸，切割，熔断
滑坡的山体，人为的渣土
成片的厂房和高楼被深夜填埋
雾霾锁喉的道路，疾驰的车尾

一个孩子离奇坠落，新闻和旧闻
轮番追尾，漠视与恐慌相互踩踏
犹疑的十字路口，视线碳化
一张张面孔湿漉漉侧身闪过

我匆匆打马出城，绝非落荒而逃
而是要赶在繁华落尽前
劫来一篮绕道而行的春风
染红荒芜的城头，贫血的王旗

我将以身为旗　啸聚山林和鸟群
重整胸中山河，并以心锻剑
清除雾瘴，刮骨霾毒，唤醒血液中
生锈的词条，重启诗性日月

当一场大汗淋漓的震颤，如期而至
平平仄仄几个动词，即可烽火连绵
当身体内暗藏的密码，满血复活
失散的灵魂，就能找到回家的路

2016 年 5 月 1 日于上海

[作者简介]

沈明灯，1972 年出生，湖南宁乡人，现居辽宁省大连市，任职中国远洋海运集团。1993 年开始学习写诗，作品散见《诗潮》《海燕》《草地》《丹东文学》《中国当代诗人》《中国绿色锌都》《鄂西北文学》《潮诗刊》《家园文学》等 20 余家报刊。

诗观：写诗读心，唯真唯善，从司空见惯的事物中挖掘生活的闪光。

雾霾锁城

非　墨

雾非雾，霾仍然是霾

还有谁在欣赏患有肺病的太阳

花非花，妖仍然是妖

为何天堂的和地狱的同样痴恋人间

我非我，你仍然是你

树根如手，把一撮泥土抓烂成怀念

城是一条日夜奔流的河

铁链锁住尘埃

雾失楼台，月迷津渡

很多人迷困于这种病态的美

很多人已把铜雀误读成一把密码锁

春天锁住满院桃花

悄悄锁住哭泣的梧桐和一个秋天

心是一个座城

山径是一把钥匙

青草和绿树是一层层的铜锈

时间被掩埋在荒芜中

等着一列无差别的列车

从站台边匆匆驰过

2016 年 5 月 25 日

[作者简介]

非墨，原名谭风华，湖南涟源人，70 后，A 型血，处女座，现居北京。

雾霾锁城

谢 颖

稻田里长满金子，庄稼人的腰杆多么直
他不能和重病老父争辩，一个点头那么轻飘
稻田随话音在他脑海展开光芒
却很快熄灭在父亲的脸膛
此时，父亲是一根无力的稻草，和贫穷一样软

高楼之间走着他挺直的身板
他从未有过被厚墙隔开的感觉
他知道公司的九通电话会加重老人的病情
刚咽下那些脸色，妻子的大肚子又浮上来
幸福有时会不由自主地铺开幻想

午后，电话翻越群岭，来得风尘仆仆
妻子在公司蒙羞，小产于血泊

作别父亲最后几口气
在山顶，他回望一眼泪滴故土
他右手边，低处的天空正在将城市掩埋
从城市计划中升腾起来的雾霾，正在查看锁链
他坚信的城市只剩一片空旷

仿佛那里曾经上演过一场幻觉

山梁之上，左右之间

他这颗金色谷粒才是唯一的真实

像一根犹豫不决的扁担，陷入思索

怎样才能把故乡和城市，挑出光芒

[作者简介]

谢颖，男，江西宁都人，笔名醉后言语，1975年9月生。作品散见于《河南日报》《散文诗》《诗探索》《中国文学》《中国诗选刊》《创作评谭》《诗中国》等。获中国首届梅花诗歌奖，已出版诗集《目光的深度》。

诗观：让诗歌成为身体的一部分，或者让生命成为诗歌的一部分。

雾霾锁城

晓　强

城市，迫近死亡
阳光无力挣扎
想逃，谈何容易

梦在这里深埋
情爱在这里搁浅
生活在这里肮脏

掩盖，由内到外
荼毒，由老及幼
到处是青面獠牙的梦魇

苟延残喘的人高潮涌动
在癫狂中哀号
怎么都是无处可逃

谁的城
还要不要坚守

[作者简介]

晓强，原名朱国强，宁夏籍。草根作者，热爱文学。

一度诗歌论坛创办人，作品散见各网络平台及公众号。

雾霾锁城

杨柳青青

那一冬西伯利亚的寒流
冰冻了两团盛在心室的火
那一季灰蒙蒙的冷高压
蒙蔽了两双湿漉漉的眼
伤心别离的那一季大雨
终究没能浇散心头的阴云
从此你在天涯，我在海角
或许你在咫尺，我在眼前
不是你我找寻不到彼此
也不是不能再度相逢
只是在这混沌的早晨
我们都已迷失了方向

2016 年 5 月 7 日于定西家

[作者简介]

杨柳青青，本名杨龙龙，甘肃省作协会员，作品散见于各报刊、网站、微信等媒体，大学期间曾任文学社团负责人，主持编辑刊物 8 期，在甘肃广播电台播发 3 篇散文，在榕树下中文网发表 20 余篇小说、散文、诗歌，2005 年获西北师大首届"新人杯"小说散文组二等奖。2012 年在定西市首届青年文学作品大赛中被为散文类优秀奖。

清晨的雾霾

张晓丽

我听到 6 点的声音，

开始了清晨，

夜晚愤怒的诗人留下的文字还有余温，

我眯着眼睛看到了雾霾做成的宝石戒指，

上帝的旨意谁能猜透，

有人活成愤怒，

有人活成担忧，

雾霾做成了板砖，

也练成了发光的宝石，

人们临死前的狰狞，

被一阵风抚平，

上帝忙着拯救人的灵魂，

我把黑暗煮成了黎明，

清晨，

我看到灿烂的阳光，

在云端哭泣……

2015 年 12 月 3 日

[作者简介]

张晓丽，女，出生于 1979 年 12 月，现在河南省荥阳市文化广播电视新闻出版局工作，任文化艺术科科长。撰写的文艺方面的论文曾在《商界》《河南省文化文物年鉴》等期刊，图书上发表分获一等奖。创作的诗歌曾获郑州市"新三年行动计划"大型诗会一等奖。

八子吉祥

江 渔

孩子，十个月来
所有美丽的童话都讲给你了
你将在这个冬天出生
妈妈已经为你准备了小棉袄儿

妈妈并不担心你一降生就看到护士阿姨
她们不同于大街上那些
戴了口罩三缄其口的路人
失去了信任彼此陌生

在产房中她们都是天使
她们的笑容里满是阳光
她们的手上托起祥云
她们为你剪断脐带接引你嘹亮的哭声

妈妈的担心在于
终将要你看到窗外的世界
从七一路到妇幼雾霾重重
仿佛患了白内障的眼徒劳无神

那一刻妈妈讲的童话像谎言不再透明
好吧，妈妈再为你种下一根藤
结八个子，七个为你打蛇妖
八子为你擦亮眼睛

[作者简介]

江渔，原名王泽，70后，河北保定人，爱好写诗，偶有发表，一直认为诗歌是互动的艺术，需要作者和读者共同创作挖掘，你付出多少勤勉和尊重，就会得到多少收获。诗歌没有无花果。

24K 蓝天

干 沙

想有一片纯净的蓝天
蓝得透亮一清见底
城市的天空有太多的铅
压迫你的呼吸
人啊要花多大的力气
才能把天空弄脏

这么大的一张白纸
要怎么画
才能把它画得一片混乱

没精打采的街树
苍白得一直消瘦着的星星
一颗两颗三颗
星星为什么在逃离

我幻想的儿时的天空
简单心地纯洁
长不大的天空
像姐姐反复洗净的手绢

那曾经的 24K 蓝天

带着星星和童话逃走了

逃向内蒙西藏

逃向偏僻的乡村

你喊不回来

你越喊它们逃得越远

2016.3.29. 北京

[作者简介]

干沙，20 世纪 90 年代曾在《诗刊》《人民文学》《星星》等国内一些刊物发表诗作。后停写 15 年，2015 年 7 月重新写作。怀着感恩之心，力求把美从现实中结晶出来，变成我不可或缺的盐……不求深刻，只求与大自然和谐共鸣。

雾霾落在冬天

静水流深

谁赋予了你的魔法

一下子吞噬了天空

整个大地连呼吸都变得急促

一些暗疾被抬出

清晨，众鸟不在树上齐鸣

我根本也看不清熟悉的那只透明的鸟

于是，我不想捧着光芒走进

像夜黑在漆中

淤塞心事，心如止水

雾霾在吃着人的影子

一切美好的景象反复被中伤

虚荣虚伪虚妄

被一片憔悴的天空如此置顶

我想，一旦雾霾被阳光稀释

我会一眼认出那个背叛的人

掷于我脚下

[作者简介]

静水流深，原名刘国莉，国际城市学会沧州学会会长，渤海中文网总编。

在雾霾年代下写诗

浮城月

在这个雾霾的年代下
每个人生命的能见度很低
那些常常抬头仰望星空的人
已经低下了高贵的头颅
而那些乐此不疲贩卖良心的人
已经获得了金银满钵的收成
我嗅到苹果腐烂的气息飞散在天空
我的大地我的母亲我只能低头
用目光抚摸你惨桑的笑容

我想把白银时代沉睡的种子
移植在我脚下三尺见方的泥土中
用我的余生呵护它们长成花园连成森林
它们有一天会呼出新鲜的氧气
吸尽苍穹下的雾霾浮尘
也许在未来的某一个季节
会实现我生命中不朽的夙愿
我要用我微弱的声音告诉世界
我的梦想是蓝天白云

水秀山明

我的征途是星辰大海

万古长存……

[作者简介]

　　浮城月，本名张富成。山西省忻州市忻府区人。中学数学教师。出生于1963年5月19日。1983年毕业于忻州师专80届数学系(今忻州师范学院)。80年代与赵召恒合办过地方文学刊物《新芽》，有与人共同创作的报告文学《汾河母亲的娇子》发表于《山西青年》杂志，有小说、诗歌散见当时报刊。中国《戏剧、电视剧创作中心》第一届函授学员，87年结业。20世纪90年代后缀笔多年。2007年开始在网络写诗。在《诗人在线》有诗作100多首，后又停笔几年，今年被诗友召唤，创办微刊《河东诗论》并任总编，大型季刊《中国风》杂志主编。有诗作发表于《紫江诗刊》《唯美诗歌学会》等刊。四月有诗作发表在中国著名美女诗人云子主编的大型季刊《中国风》。

再读《荷塘月色》

张贤国

哪里还有荷塘
荷塘早已填了
都被开发商盖上了楼房

即使还有一个二个荷塘
可湖水污黑
也长不出亭亭玉立的荷花

再说，雾霾弥漫
月色憔悴
草木不再妩媚

就是远处的高楼，传来
一声声凡尔铃的音响
也只会增添我的忧伤和惆怅

唉，不如早早回家
再一次走进朱先生的
《荷塘月色》

[作者简介]

张贤国，笔名公长，男，上海人，中学语文教师，现已退休。有诗文散见于报纸杂志，也获得几个诗文比赛的奖项。

迷失在雾霾里的冬天

西粮人家

冷风，一直在吹
雪不来，雾霾不散
天空，像一个忧郁的人
偶尔露出笑脸。太阳的光芒
穿不透田野的荒芜
乡村，神情苍白

城市，开始病了
有人暴躁，有人打蔫儿
得了绝症的人，心慌气短
阴阳两界，都能听见呼吸声
南山，等不来绝世良医
白了头，沉默不语

良心，迷失了方向
紧随铜臭，四处游荡
摩天大厦，传来星星的呻吟
霓虹灯，让落叶六神无主
听说，春天已在路上
我的心，陡生悲悯

今夜，我要做个梦

与古人交谈，过往的岁月

能否重现，重现月光下的飞花

重现青山远影、残阳如血

重现绿色，重现少年时

一场花开的盛宴

[作者简介]

西粮人家，本名李小军，陕西西安人。诗见《2012年度陕西青年文学选》《新世纪诗选》《中国实力诗人作品选读》《中华美文·新诗读本》《八一诗选》等选本。

我们隔着一层叫霾的距离

张 娟

谁在三尺之外的前世

点燃惶恐不安的灯火

一朵莲是一池水的菩提

你把蓝还我，我给你鸟儿，云朵和光

种下恶之花，后来有了毒的果

这烟火不停歇的人间，陌生的路人

我们隔着一层叫霾的距离，互为刀戈

我们给自己挖好坟墓，并刻上墓志铭：

一个用前生备好来世的人

［作者简介］

张娟，笔名紫岩，曾用名暗香，河南三门峡人，农民诗歌爱好者，近几年有多首诗歌发表。

诗观：诗歌除了讴歌，便是医治。

谁说生活里只有苟且

子 民

谁说生活里只有苟且

诗和田野从不曾泯灭

即使雾霾肆虐

每日面对沉沉黑夜

内心深处

依然有灯亮着

指引梦想

隐隐约约

因为心里

还有希望跳跃

即使彻夜不眠

仍在寻觅黎明时的感觉

甚至张开双臂

拥抱乌云里喷涌的光色

虽然常常失落

可明天依然难以忘却

因为情感

还没有板结

初恋的小路

仍延续着快乐

故乡的小河

仍在梦里欢歌

迷失的桃花源

仍摇曳在灵魂里不弃不舍

2016 年 3 月 22 日于北京一隅怡心书屋

酒　约

侯建刚

爱我的人从未远去
萦绕着我不离不弃
我被宠出了白发霜鬓
终日里惬意地沉溺

我的酒约得很远很远
从长江黄河到密西西比
安大略湖葡萄酒荡漾
巴伐利亚泉涌着黑啤

英伦三岛刚刚脱欧
福尔摩斯也难破其迷
喝空普罗旺斯的拿破仑
凯旋门外醉倒高卢雄鸡

托斯卡纳风平浪静
地中海的海盗已经绝迹
格但斯克还有工会吗
柏林墙的烛光源自莱比锡

最渴望伫立于好望角

自由解放的求索放浪不羁

巴西利亚即将燃起奥运圣火

丰乳肥臀将绽放妖艳的比基尼

万卷书万里路万杯酒

诗的远方在云端天宇

每一次举杯都是壮丽远行

有酒有爱有月光就不愁诗意

2016 年 7 月 30 日于成都网络诗酒会

穿　越

盛彦军

我是一只穿越到尘烟中的白狐
默默地在都市的繁华处潜伏
午夜的街头伴随着阵阵清风悄悄出入
凌晨的钟声击碎了苍老的赌注
静静地忍受着千年前留下的孤独
苦苦地寻觅着来时的日出

我是一只躲在角落里的白狐
面对着微弱的灯光翩翩起舞
痴迷的双眸似乎在对孑影倾诉
封锁的记忆早已被时光淹没
窗外隐约的月色越发模糊
我沸腾的热血一如当初

我是一只被前生遗弃的白狐
怎么找也找不到曾经的家族
人类的贪婪成就了活着的凄苦
我已看惯了世间的荣辱沉浮
慢慢地卸掉了身上沉重的包袱
毅然决然地踏上了寂寞的征途

[作者简介]

盛彦军，网名春花艳铃，70 后，自由职业者。河南许昌襄县人，现居郑州市。从年初开始入诗群学习至今。自己选择的路会一直坚持走下去，不管前方是多么的崎岖！

穿　越

一叶独清

一个时间到另一个时间，梦是唯一的白马，有时候
很快，有时候，慢。再尝试一回
就醒了

目光留在城南村的葡萄架下，铁架圆桌，铁架圆凳
静下来的茶壶，蟋蟀陆续登场，老爹的鼾声
一阵阵，盖过它们的呜咽

我身体里的绿色，是一直蔓延的，以所有春天的方式
追随光影交错，倏忽间，风了，雨了
寂静了

走进大街，凌晨三点完成失落，像完成童年的作业
不会有赞许等在某个地方，随意地
翻开到某一页

[作者简介]

　　一叶独清，原名孙明波，1988 年开始创作。诗作两千余篇，散见报刊
网站。获"2016 恋曲"情诗三等奖，各种赛事评委，网上诗社讲师。辽宁
新诗学会会员，现任盛京文学网沈水社副社长兼现代诗总编。
　　诗观：情理并进，虚实相互，时间和空间交变。

穿　越

毛　诚

一个人走在古渡边的长廊中
脑里的痛苦突然闪空
思绪恍惚进入时光隧洞
眼前依稀的是遥远的夕阳红

或许是用情太深产生幻觉
我似乎穿越到另一个时空
世间万物变得那么从容
真情流露没有任何情感伤痛

河水在遥远的时候依然是激情汹涌
只是波光有些泪眼蒙眬
我的心多想似浪涛澎湃始终
却虚空得不知何去何从

你已从渡口渐行渐远不在一个苍穹
过去的情景像流水匆匆
入夜隔世离空我们似在紧拥
华灯惊醒原来是场白日梦

穿 越

唐宁宁

祠堂后
千年菩提树
落叶中　静心参悟
忽然坠落沙尘风谷
醒时已传越千年画幕

庭院里
正长着小树
晨光中　树身轻轻摇曳
少年　提在木桶里的水
溢彩流光

刹那间
浮现欢愉
梦里
又是一个风屋
带我回到归宿

[作者简介]

唐宁宁，笔名柽芸。1996年出生于甘肃省会宁县，现就读于华北电力大学，华北电力大学星韵文学社社长。曾经在学校文学杂志上发表过诗歌《秋意》《仲夏的思索》《午后》等。2014年参见全国大学生征文比赛，作品《我的大学》荣获一等奖。

穿　越

砺　影

还没考虑好，如何切断尘念
你就迫不及待地让我跳下去
悬崖并不可怕，而我是担心
你的右腿能不能独立行走

寒风提着刀从梅花树中穿过
雪地上留下斑斑红迹
我已习惯在平衡木上独舞
你知道吗？
我是左眼，你是右眼

隔着一道山梁
怎么去穿越你的世界

[作者简介]

砺影，本名王砺，现居河南安阳。安阳市作家协会副秘书长，安阳市诗词学会副秘书长，安阳市北关区作协副主席。散文、诗歌、诗词作品散见于《诗刊》《老年春秋》、新加坡《锡山文艺》《河南诗人》《文源》《安阳日报》《殷都诗词》《滑台文学》《邺下散文》等报刊。合作出版诗集《云星集》（中国文艺出版社出版），另有诗词入选《河南当代诗词选》（河南文艺出版社出版）等。

穿越

风 文

白昼穿越了黑暗

今日穿越了昨天

透过时光的隧道

蒙太奇掠过一张张扭曲的脸

岳飞偶遇了屈原

比干袁崇焕聊得正欢

魏则西与雷洋在密切交谈

多么不可思议的混搭世界

突然一阵雷鸣电闪

我们又被打回了生活的原点

2016 年 5 月 10 日于成都

[作者简介]

温小平，笔名风文，现居成都，喜好诗文，1971 年生人。

诗观：随性，开心至上

海　岸

张　丽

有时解释一棵花草的前世也需要时间
在场者允许它们安立两侧
如光阴的铁轨　从对面飞驰而过

交于五月漫山遍野的想象
每一缕记忆
划出隐秘的桨声

一条布满杨树之香的街道
沿着风靠近自然的流转
四季将掌心里的枯败全部复活

中年以后的浪花能托起云朵
曼妙透明的动感
于你是叶片的宽度　若有若无

解救一声来来去去的纠结
沿着简单通向绿
你抵达的沙滩一样柔和

[作者简介]

张丽，网名竹林鹤影，辽宁省调兵山人，1972 年出生。铁岭市作家协会会员，铁岭市文艺理论家协会会员，多篇散文、诗歌见报于省市刊物。

诗观：让诗意与美感在语言中穿行，切入质感深情的画面，愿生命的感动流注在现实里！

海 岸

施丽琴

此岸与彼岸，来回的水，一次次被看管
而我只在乎心灵的释放　让海兽抱成一团
回到大海

面对人间疾苦，我坐着祈求，站着也要祈求
身体里的盐发出光亮　水花　波纹
细小如暗夜的星辰

被囚禁的日子已褪去黑斑
游走于两岸之间，听到大地从容的声音
我像一个安顿灵魂的提琴师

奏出山涧清泉
拉出风中的鹭鸶　这多像复活节来到眼前
救赎一滴水的重量

2016 年 5 月 18 日

[作者简介]

施丽琴，笔名圣歃、木芙蓉。浙江乐清人，中国诗歌学会会员，温州市作协会员。担任《塘河文学》和中国诗歌流派网博客诗选编辑。诗作散见《星星》《诗选刊》《诗歌月刊》《关东诗人》《山东诗人》《诗民刊》《当代国际诗选》《几江诗刊》《尚诗》《坡度》《北湖诗刊》《红山诗刊》《江南叙事》《思无邪诗刊》《新诗想诗刊》《联盟文化》《华星诗志》《纯诗诗刊》《牡丹》《箫台》《塘河文学》《乐清文艺》《乐清湾》等各类诗刊和文学刊物，以及《2015 年中国微信诗歌年鉴》《2014 年中国诗歌排行榜》《中国实力诗人作品选读》《中国网络诗歌年鉴 2013》《最美的风景》（山东画报全国征文）等多种选本。著有随笔诗文札记《为你抒情》《人生走笔》两本，诗歌合集《给你三朵》和《一江风月》（新诗五人行）两本。

海 岸

朱永富

它是光阴的跑道
是流水的归宿和远方
它是梦
每天逃跑的浪花
都被规劝回来

正如法典被时间修正
像樊笼
囚禁大海的烦躁和孤独
它感化过无边的苦海
有过善意的回头

秩序如慌乱的星期一
怎么回忆
以前的日子都是泥沙
岸是水的绝望
是孤独在聚焦，一副老相框

2016 年 5 月 15 日

[作者简介]

朱永富，1984 年 1 月生于贵州纳雍，贵州省作协会员。诗歌散见《山花》《诗刊》《星星》《草堂》《诗林》《中国诗歌》《诗选刊》《绿风》等文学期刊。

花开思念

世事犹如梦

又是清明日
烧纸坟前祭
泪水蒙双眼
双膝伏地泣

常忆旧时光
母亲慈祥饭菜香
耳畔叮咛犹未远
您在何方
我在何方

谁舔满身伤
苦辣酸甜自己尝
满腹哀愁谁可诉
心也凄惶
梦也凄惶

2016 年 4 月 2 日于广东中山

[作者简介]

世事犹如梦，本名刘美军，曾用笔名冰山义。蝶恋花诗社总社副社长，主编。管理的蝶恋花诗社现已出版发行首刊。自 20 世纪 90 年代以邮寄形式投稿，作品在多家文学社获奖。至今，一直活跃在各大文学论坛、文学圈子，2005 年建有自己的论坛。爱好品茶交友，听歌下棋，一个人的旅行。世事犹如梦，智者心自醒。跳出三界外，身在五行中！

花开思念

问　墨

我选择沉默于这个日子

梳理生死

在野草暗含忧郁

疯狂蔓延的尘世

不要提及

梦里已百转千回

墨迹未干的一行行里开出了摇曳的花朵

就一株　如临镜

菊花有九色

长亭约十里

这一炷香的光阴思念如花

遍野着每一个渡口

每一个驿站

每一个月落的夜

瓦砾已粉妆登场

我以笔为锄

埋下骨头　血脉

神龛和诗歌

还有一场花开的思念

今夜　请谁入梦

2016 年 3 月 28 日

[作者简介]

问墨，一个安静于江南古城寂寞倾听风语，力求将古典美学融入现代诗体的追梦者。

花开思念

阿 登

缕缕心事
全抵给了正午的时光
想你的模样
想你昨晚的模样
想你昨晚坚强时的模样

走，寻花去
半山腰乍放的
墙角边丛绽的
土壤里冒尖的
天空中翻卷的

今夜，我会把
所有花开的形状
一一点吻在
你的脸上

2016 年 3 月 27 日

[作者简介]

阿登，本名王登峰，晋城读书群群主，城市文学学会山西分会会长，目前就职于山西省晋城市沁水县教育局。

花开思念

伊 农

烈士陵园
齐刷刷的
还像生前那样
一起起床、训练、睡觉
甚至，同一频率
心跳

什么样的熄灯号
才能，让这些笔直的墓碑
忘了自己　还是
一名士兵

[作者简介]

伊农，其作品"群主诗群"第一期诗赛《花开思念》。"新国风诗社"
诗群群主。

花开思念

六 画

冷清的月光冰染水洗
佛山的街头已人少车稀
轻风牵挂着花的呓语
唉声叹气
一口苦酒，几颗米粒
吞噬哽咽，和着泪滴

大姐走了五年了
那智昏神衰，那苦风凄雨
纺花推磨做粗布衣帮母拉扯众姊妹
割草锄地苦挣工分助父养活一家子
花圈上亲题的挽联跳动着字迹
头疼病又在咀嚼我的身体

脚上的松紧布鞋是大姐纳的千层底
上身穿的是大姐做的蓝色粗布夹衣
酒是故乡的杜康，粗瓷黑碗是酒具
姐啊，您也喝点吧
咱姐弟在花甜酒香中叙叙
在家看山看水看田地

睹物思人苦戚戚

躲避悲痛走千里，咋会更加想念你

您走了以后

母亲老了许多，父亲沉默不语

姐夫电话里总是哭

还有我，四弟和五弟

冰箱里您送的小米剩下半袋

明天就背上赶回家去

清明节熬一大锅粥

咱全家在一起好好聚聚

思念每年会催动花开

深情亲情必永远铭记

2016 年 3 月 29 日

[作者简介]

六画，原名常胜国，男。河南省洛阳市人，中国诗词协会会员，长期从事司法和新闻采写工作，为多家电台和新闻媒体特约通讯员。

花开思念

遥 瑶

父亲
羊城的花开满了
你骤然倒下的那条小路
花瓣铺进了家乡的小矮林
我从未离开过　这千里暗香

思念的黄纸
一张一张烧成灰
梦里花开的时候
我总能循着灵魂的蓝火
一路飘忽去嗅那天堂的芬芳

冷碑下你八年阒寂
我扫下离别的二维码
念了八十一遍阿弥陀经
你的世界传来雨天曼陀罗华
满天缤纷　昼夜不断

新泥上长一株　未曾告别的叮咛

星幕上开出长串的红色曼殊沙华

垂满你长眠的地方

有微妙音穿过你的莹冢

我见到迦陵频伽鸟冉冉升起

你开始功德圆满

线性的脸庞　满面桃花

在空中颔首微笑　慢慢地聚了又散

梦中怕也是难相见的了

只是彼岸花长久地开

花开了三世　花叶不相见

依然思念

2016年4月4日清明节纪念父亲

[作者简介]

遥瑶，网名上德若谷，本名程瑶。中国理念人第3期"最美女诗人"第一名，广州市帝维亿纺织有限公司总经理。作品常见于报端网络平台。所有资历皆虚妄，沉淀下来写好诗词以达心的彼岸。你，就是我心中的秤。儒商诗画群群主。

花开思念

八大少

一朵花开了
没有清香
也没有开出色彩
花——开出的是一滴泪
湿了整片天空

泪中——
有火苗坐立不安
蹿升的火苗
疼出花蕊的呻吟
青烟——泪的流痕，火的叹息
蜿蜒爬向
远到极近的天堂

在泪和火之间
溢出五味杂陈的往事
没有回鸣的声响
鞭策漫不经心的春风
梦可以不醒吗？
虚无的、通幽的青烟

散了……

因为爱
因为悔恨
因为目睹凋零后的苍凉和凄惨
这一天的花
都是低头开着的

［作者简介］

八大少，本名于浩，辽阳市作家协会会员。1967年生人，故乡为吉林省白山市，现定居辽宁省辽阳市。创作诗歌四千余首，出版诗集《用睫毛呼唤你》《八大少诗选》；诗论集《新诗创作技法》获得第五届"中诗作家文库"优秀图书奖（2015年）。

先后在《天津诗人》《长江诗歌》《中国诗人在线》等多家刊物发表诗歌，有诗歌入选多个年度版本并获奖。并多次出任诗歌大奖赛评委，担任多家文学刊物编辑、顾问，多家文学论坛版主等。

诗观：通过情感体验挖掘生命的本质，忽视门派之分，在注重音韵美的同时，以多元化手法创作诗歌。

桃花是风的伤口

柳　风

一缕风守着篱笆的墙

金盆洗手的风

从此收起了自己的锋芒

桃花是风的伤口

一缕清风返回了镜中

一声鸟鸣，又划破了它的平静

亲，风是桃花的一个媚眼

雨是桃花的一种注目

花一低头，就是诗歌的模样

她的声音，一直就在风中

[作者简介]

柳风，供职于北京某规划院。2012 年担任全国网络诗歌《诗歌与生命同在》34 家网站迎新春诗歌联赛评委。小说《玉人吹箫》获 2005 年宁夏第六届"群星杯"银奖。《永定河畔听风吟》（组诗）获 2013 年北京"情系北京母亲河"散文与诗歌大赛二等奖。《诗经里的风》（组诗）荣获 2015 年世界华语诗歌大赛二等奖。兼任《中国网络——好诗选读》主编、《中国当代诗人词家代表作大观》编委。

花开·思念·清明节追思

谷 歌

我痴痴的孤单
并没有白白地等
这醉人的暖春
绽放了那娇羞的粉红
红得像母亲缝补衣服时
不小心刺破手指滴出的血
可却从没说过一句疼

我痴痴的思念
并没有白白地等
这荒芜的孤丘
铺满了您喜爱的青青
青得像母亲穿过的绿衫
偶然的褪色成今天的荒草
可却再也无动于衷

您走得太早
走得太过轻
儿还没听够
您喊我的乳名

哥哥说

如果太想念

就抹一把泪吧

洒在母亲坟前

这是儿给您过的

第一个清明

2016 年 3 月 27 日谷歌

[作者简介]

谷歌，本名谷建青，河北廊坊市大城县平舒镇人，自幼酷爱诗词书法乐器等，创建咫尺天涯 1 群，愿以此结交天下同趣好友。

燃烧的泥土·清明祭

木兰雌

诗文在泥土中点燃
让不舍的灵魂成仙
冰封多么久远
也要浸透暗香

好一个孤傲凌霜
捍卫下的那份安然
纸花，菊花，野花
四季芬芳

谁种下万物的向往
任泪珠飘香
天使的翅膀
在四月救赎亡魂上岸

2016 年 4 月 4 日于大连

[作者简介]

木兰雌，网名裁女，大连枫菲之恋服饰有限公司总经理，设计总监。
创作的文字有诗歌、小说、杂文、随笔等。

你醉了

张永灵

因为酒，因为诗，
还是因为你如海般的胸襟，
饮下这一池银星。

不愿醒来，
就让大片大片的蔚蓝围城。
不愿挣脱，
就在大美时光的怀里不老。

忘却四季风呼，
云雨诗行里沉没。
满城芬芳的江南为你独酿。

2016 年 8 月 13 日即兴网络诗酒会

[作者简介]

张永灵，女，汉族，笔名凡山，天姥诗词会员。浙江绍兴新昌人，石家庄市诗词学会会员。明德文化网专栏作家，农家女诗人，生活于美丽的山城，工作努力，开朗洒脱，性喜佛道，习研其理，感恩于自然馈赠，常于山水间修真见性，有所感悟而致笔成文。

致十七岁生日

高 巍

一直在路上

不停歇地追逐梦想

又能怎样

用何种的篇章

才能讲清这份情深意长

平淡致远的孤独

深刻了无以言表的坚强

每一次寂寞

都成为重逢的力量

吹风沐雨

依旧不变方向

彩虹的光芒

化作不羁的诗行

黄沙飘荡

那是决战困境的战场

待到金秋

花红果香

去圆满　漂泊太久的流浪

2016 年 6 月 5 日于北京朝阳

备注：2016 年 6 月 6 日，始创于 1999 年 6 月 6 日的公益机构——北京小小鸟打工互助热线（010-68516523）17 岁生日之际而作，17 年来为 11 万名打工者无偿提供法律帮助，讨回欠薪 2.79 亿元人民币。

[作者简介]

高巍，女，河北师范大学英语专业毕业，北京小小鸟打工互助热线国际项目总监，热爱诗歌，更热爱公益服务，关注劳工弱势群体，更关注中国社会的公益事业发展。

致股市

淡　定

世界上最神奇的地方
不是尼泊尔
也非西藏
大伙尽管脑洞大开
去想　去猜

爱一个人
就陪她去这里
痛不欲生的天堂
欲罢不能的地狱
肆意横流的贪欲情仇
物之贵　因为稀
个股三千只
信徒有两亿
赌棍居多
不明就里

因为残酷
人尽唾弃
前赴后继

只为暴利

一串跌宕的数字游戏

修行好去处

往往也是俗人眼中

是非之地

欲大隐　必来此

宇宙奇葩　中国股市

2016 年 7 月 7 日于成都

[作者简介]

淡定，股市诗哥，人叫淡定；为文一般，炒股还行。

未曾得见

鸟 人

怎就

未曾得见

疏解你的忧愁

卸掉你内心的挣扎

就走得再也找不到了

为何

未曾相约

生死下的遇见

怎么为你写首好诗

你就撇下所有的韵脚飘零

诗呀

带上吧

天堂未央

哪里都有黑暗

灵光闪闪亮亮的歌之舞之

今生

不见了

来生可愿

拆掉那所有灵感

做一缕着绿挂红的飞扬

2016 年 3 月 13 日于深圳湾，得悉一位年仅 26 岁的阿苗诗友早逝而作

鸟人鸟语，人间总有许多不幸属于诗人，诗人对这个社会、这个世界天生的悲悯的情怀，在许多时候都超越了这个时代，因此，诗人注定会先于悲愤，先于寂寞，先于焦虑，先于死亡。在此奉上《渡口》《回首似梦，遥不可期》两首已故诗人的遗作，来作为对诗友的致敬。

渡　口

何　苗

伫立在苍凉尘陌

伤痛的心扉

被零碎霜华包裹

刺青的痛

是暗夜里零度沉沦

杵目千年

孤独

是笺底诗行霓裳一抹

祭奠时光束缚的绮梦

等候在轮回门侧

宛若

安置于悬崖的一记期盼

在澎湃的心湖漂泊

断鸿声声

划过凄清渡口

彼岸花前的泪眼

隔着无法摆渡的悠悠长河

望弯了夜空下

那轮冷月

回首似梦，遥不可期

何　苗

穿越过往的等待
流岚记忆中的尘埃
折戟沉沙的年代
只是对微笑的黑夜
有了依赖

未曾有过的该与不该
造就了丝竹沙哑的悲哀
空壳般的灵魂
在"学会遗忘"
与"继续记忆"的分界线上
不断徘徊

枯萎的枫叶
聆听着肆意流淌的叹息
于一首不断重复的音乐中
拂去覆盖周天的阴霾

繁华落尽
瞬间掩埋关于曾经的所有
叶已随风的无奈
还我简单而厚重的苍白

今夜的梦划向波岸

傲骨柔情

雅月弯弯，繁星满天

犹如云海漂移的小船，在浓情悠悠的心田

岁月蹉跎，今夜注定无眠

留一丝清风徐徐，飘逸柳树吹弹

涌起阵阵酸楚，端一杯酒酿的节奏

风中摇曳，生出韵味朦胧

今夜的梦划向彼岸

那边，还记得当年的洛水河畔

古道上情风依旧撒欢

把握当前，步渡情诗花伴

2016 年 7 月 3 日

[作者简介]

　　傲骨柔情，本名王梦祥，1962 年 1 月生于河南洛阳，属牛，是既有牛的倔强，铮铮傲骨，又柔情似水，对朋友两肋插刀，义气如山的男士！

　　1978 年 9 月入伍，参加过中越战争，负过伤、立过功，1982 年参加工作。2008 年内退，干过工地，干过直销，一事无成，现从事中国物联网原始股票生意，小有成就！喜欢游漓在诗的海洋国度，用心情书写心声，业余创作近千首作品，2016 年诗文《雨季的夏天》获全国诗文大奖赛三等奖。

览今怀古

栗 子

八万里，

江山争夺，

终极皇宫堕落，

粉黛无过！

五千年，

历史重播，

富贵银屏楷模，

钱财有责！

时光流梭，

浪淘沙河，

李白杜甫诗说，

对饮享酌！

血雨腥风，

华夏开国，

豪迈风流数我，

万代世博！

助穷困，

同安乐，

角落喜悦共和，

有余多绰！

著文章，

吟词歌，

浩瀚辰宇熙漠，

无限星座！

2016 年 2 月于山东威海

[作者简介]

栗子，1966 年 4 月生于山东乳山，现居威海，喜诗文、爱书画、乐篆摄，作品深得朋友们喜爱并珍藏。

霸王枪

冷　漠

有人说你迂腐
有人说你很傻
秋去冬来冰雪散
却错过了春天的花

一世英勇
未肯奸诈
就像手中的霸王枪
胯下乌骓马

刀枪剑戟
斧钺勾叉
十八般武艺样样精
谁人再把英雄夸

楚人虽三户
亡秦必属他
力拔山兮气盖世
一人能挡千军万马

智出奇兵破章邯

巨鹿战鼓惊銮驾

彭城挺身袭中军

三万铁骑漫卷黄沙

秦时明月

汉时铠甲

美人歌罢血染帐

含泪提枪再上马

英雄豪杰

对决垓下

虎目冷对百万兵

千古一霸

魂梦已随东逝水

却名传天涯

奈何当初一念之差

辜负美人　妄送天下

[作者简介]

冷漠，原名张翔，男，46 岁，现居重庆，职业经理人，曾在各种刊物发表个人诗歌两百余首，现为重庆市大渡口区作协秘书长。

城　市

鸟　人、千江月、王二丫、Mary、迟　南

诱惑在角落里嘀咕

谁留下折断的翅膀离开

马路在拐角处回头张望

哪个误入歧途的被甩掉

阳光在街角红着脸偷窥丰乳肥臀

钢筋水泥的冷漠

凝固身不由己的天使

梦想的臂膀总是不够长

对天仰躺在空旷的草地

城市的梦想简单且荒凉

缓慢行驶的蚁群

密集一片却没有思想

栉风的渴望

碾成了黑色的伤

易碎的玻璃如冰硬的墙

独自黑暗里徘徊

眼中的世界

那么渺小而遥不可及

身下的脚步

疲倦地追逐着每个日夜

一粒一粒希望的种子排着队

播撒在城市的缝隙里

腿如犁耕耘在马路上

脚底踏出一朵一朵的莲花

沿着楼宇的棱角一点一点爬向高空

2016 年 1 月 14 日晚微信接龙诗作

我在写诗，想起了你

Moon Xu

当夜幕悄悄撒落大地
我托晚风捎去写好的信戈
很想告诉远方的你
疲倦的心无恙
依然一个人
老地方看星星月亮

天空遥不可及
你我却像近在寸尺
可是亲爱的你呀
那焦急思念的呼唤
揪着我伤痕累累的心
现实却无法向你靠近

我该如何　如何才能
回答你许多的为什么
回应你时刻的想念
回首你多情的思恋
回复你默默地牵挂
如何　轻抚你难受的心

我在写诗

才一会儿就想起了你

2015 年 11 月 3 日晚于悉尼

[作者简介]

Moon Xu，本名徐月莲，曾从事教育以及担任人力资源部门等要职，于 2004 年移居澳大利亚悉尼。个人喜欢诗、书、画等，业余写写诗歌以抒发对生活、工作等情怀，诗歌作品包括中、英文现代诗、古诗词；追求清新、自然、情感真挚的风格；注重发自内心的灵感，提倡原创；喜欢诗歌美好的意境。

秦皇岛之山海关

赵生斌

怀抱戒尺
碣石上泪迹斑斑

即使你的儿女哭了几千年
你依旧在春风里唱着不变的歌谣
假如龙宫摇荡
是否还有和煦的海风
为你梳头

假如你把我五千年的
伤痕用来滋润疗养
你自己自然心宽体胖
龙鸣狮吼九天彻响
不知浪花怎样捧起你的骄傲

无论厮杀呐喊如何此起彼伏
你依旧在温泉里泡着梦想

[作者简介]

赵生斌,男,1962年生于山西省大同市,国企干部。作品散见《山西文学》《燕赵文学》《齐鲁文学》《诗意人生》《作家导刊》《当代诗歌》等20多种专业期刊和多家报纸。

造一座长亭等你

赵俊杰

生怕一个字夺口而出

强忍着收回了眼神

生怕你的软弱

软如痴痴凝视间流失的风

生怕这场遇见

错为绝世缘分

让爱变得艰难一些

不要让古人嘲笑太过轻薄

宁可等待，许久

起几座阻隔的桥

垒几处刮风的丘

造一座长亭

等你，单衣夜寒

等你翩跹而至

2016 年 6 月 12 日于花城广州

[作者简介]

赵俊杰，主要活动区域北半球，在北纬 18 度至 32 度之间游走。湖南华容人，宋太祖赵匡胤直系后代。地理位置属荆江流域，文化属大湘西文化圈。广州创立大恺群智品牌创意机构，多家大型公司战略合作伙伴。诗歌写作20年，高中阶段尝试写作，高中阶段写作约200首，后搬家遗失。2007年辞公职外出工作，真正意义上进入社会写作，存诗800首，诗歌写作风格多样化，既主张聚焦揭示当下本质问题的批判，也于传统古典抒情中吸取营养价值。我们必须承认，在东方的诗人，传承和发扬，是永续诗人的才情、诗意、精神的诗歌创作动力！

南方的初秋

典裘沽酒

落叶满地的小路

没有风

没有一片树叶

飘落

我感觉缺少些什么

今早我想着远方的你

微信却木有你的问候

我感觉我们不曾热恋

昨天的拥抱亲吻仿如隔世

厚厚的枯叶在脚下沙沙作响

从绿到黄经过多少日晒雨淋

也许，一阵风来就被吹跑

2016 年 8 月 13 日于广州

[作者简介]

典裘沽酒，本名沈绍裘。著名诗人。1959 年秋生于湖南汨罗。中国垃圾诗派代表诗人。2012 年与同仁发起脑残诗写作。曾作词《十二座光阴的小城》《红指甲》等，与著名音乐人张全复、劳仔合作。主演艺术电影《寻欢作乐》获香港三十四届国际电影节两项大奖。2015 年获中国后天诗歌奖。被称"能上情诗殿堂，能下垃圾诗地狱"的诗人。

诗儿在飞翔

云飘飘

我的诗儿，是一杯淡水

没人去品尝

我的诗儿在酝酿，酝酿

妙手回春，笔下生花

变成了白酒

酿成了红酒

贮成了千年陈酒

散发着浓郁的芳香

醉倒呀，醉倒

那味儿在脑海里回荡，回荡

跳动文字的沉香

突然灵感的闪亮

诗儿长出了翅膀

蹦出了心脏

飘过祖国辽阔的疆土

又越过了异国广袤的海洋

我的诗儿

带着神奇的力量

编成梦儿

载着云儿

乘着风儿

在太空高高地翱翔，翱翔

[作者简介]

云飘飘，本名李建芹，江苏常州西夏墅人，从小酷爱文学诗歌。有诗歌作品发表在《北极星诗刊》《天涯诗刊》《中国诗》《齐鲁诗歌》《当代千人诗歌》《中国青年诗刊》《关雎爱情诗》等多部文学选本中，诗8首入选《中国当代诗人情诗集萃》，诗22首入编《情路之上－2014年情诗选集》，诗20首入选《当代十家诗选》中，著有个人诗集《最美的青春》，现任常州市创华工具有限公司总经理，是阿里巴巴诚信通优秀会员诗人。

床

小 屋

我来到世界上第一个落脚的地方
没有尘土，没有坎坷，只有母亲的乳房
那是喂养我生命的粮仓

那是因为我胡思乱想而做梦的地方
噩梦醒来是早上，美梦破碎拼成希望
希望和现实总隔着几道山岗

那是我和妻子或者情人做爱的地方
一声声吱吱作响，一阵阵剧烈地摇晃
婚姻和道德被撞击得潮落潮涨

寂寞的时候想把它出租半张
租金和租期都好商量，就是承租的人
必须要解开虚伪，把灵魂脱光

睡腻了床偶尔也想去睡睡火炕
可是，我已经找不到那个纯朴的村庄
故乡，已被名利隔在了远方的渺茫

面积最多也不过两个平方
却是人类争夺交配权与荣誉感的战场
多少女人沦陷，多少男人阵亡

最后，我们还要登着这张床去天堂
上帝从不准任何人赖账，哪怕是君王
他借给你的生命，到期必须偿还

2016 年 1 月 6 日于铁岭

[作者简介]

　　小屋，原名郎秀峰，辽宁省法库县人。巴尔虎山的泉水，不但滋养了他的诗情画意，让他写出了思想深邃、美不胜收且又风格迥异的诗歌，还滋润了他的一副好嗓子，让他把诗歌朗诵得声情并茂、情景交融、闻者侧耳、观者侧目。他说，写诗就像盖房子，不但要外观美，内部装修也要美；不但要做到艺术的美，还要具备思想的深邃。写诗就要朗诵诗，朗诵是欣赏诗歌的最好方法，朗诵可以让诗歌插上翅膀。

　　小屋是一座普通的住宅，名利和世俗不会在那里借宿，但诗歌和思想会在那里久住。

狼

海 岸

孤守的疆域
源自哪一场无从说起的纷争
叫流浪行云流水
守护着柔软的草原

深夜的寂寞燎原
追赶那颗最亮的流星
它一定知道些什么
要不怎么总是匆匆划过

只愿独自承受
也不愿去屈尊降贵
冷艳冷艳地点燃每一次晨光
在遥远之外的遥远定有另一半传说

怎么如此洁白无瑕的温柔
怎么就不能一起跪拜这天地悠悠
时光飞逝千万千万年
看不到你深情顾盼

奔跑着把自由捍卫

嚎叫着把天际叫醒

还有多少时间

来一次重新绚丽的开始

那么热烈的欢呼

拥抱或者分离

都是如此火热

每一次奔跑

总那么心动不已

2015 年 11 月 11 日于海岸深圳罗湖

来路无须一问再问

贤 达

人在归途
退或许就是进
来路无须一问再问
那旧梦里的巷子
也许走过弦月下的知音
或曾弹飞格子窗上
惊扰缕缕风尘

心经即使念了千遍
慈悲一旦遭遇浮躁
也得凭莲声指引
而我终究命无长物
苍白的诗与世界至今无法靠近
店家的残茶再好
有没有你依旧会凉

近了黄昏
看不清黑白人心
海市蜃楼的光
仍在大漠里闪烁延伸

风不停地撕扯流云
由地平线祭起
会不会幻化星辰

那炊烟自知太远
看我怀揣净土
如何把浮生秋殇褪尽
越过旷野
如何救赎
有朝一日
重新回到人群

苍穹别语
只一个眼眸
带不走我的哀愁
还有我光明正大的爱恨

2016 年 9 月 4 日

[作者简介]

　　贤达，原名褚向平，石家庄人。曾出版诗集《静水流深》，散文集《静水微澜》，创作的大量诗歌、散文见于各报纸杂志，并被许多网络平台转载。

我想送蓝天一个秋波

深山夫子

点燃十万盏灯火，是为了打开
千万扇门窗。但，初衷欠安
白云已经杳无音讯
理想无数次在
经济的产床上，昏厥

我面朝祖国的山水
驱赶一群鱼。忸怩的样子
游向小康。词汇抱病
组合成了致富的秘杀技

岁月虎背熊腰。托起历史
步伐坚定。从天空挤出的脓
来不及考虑，就恶化了我
反复修改的未来

我想送蓝天一个秋波
在她回头看我的时候
就像青春期，把一封写有
许多错别字的情书
偷偷塞进
邻居女孩家的门缝。再
慌不择路地逃遁

来你的城

丰　桦

我不去，你不来
就这样空耗着爱情
读着彼此来信
荒芜肉身，接引灵魂

月光成霜，彩云为雨
爱与被爱仍然只是个话题
走在旅途，悬空
上不着天，下不着地
到此为止仍在酝酿

没有人知道我何时会去
你何时会来
有一道阴影重于雾霾
无法推开
它在尘世之内
光芒之外

2016 年 1 月 1 日

[作者简介]

　　丰桦，本名丰秉华。男，汉族，出生于 1968 年 7 月。山东省费县人，国家公务员。2007 年开始写诗，在中原诗词网、中国诗词网、神州诗词网、一起写诗词网发表诗词千余首。著有各类文论 300 余篇。有怡然轩搜狐博客，收录诗歌 15000 余首，出版诗集《怡然轩诗词》《花风云影》《陌上花开》《沉香之城》等多部。

晚祷的声音从远处传来

雪浪花

落日抖了抖缰绳
向西山跑去
天暗下来
河流以及对岸的树
野蔷薇躲在夜幕里
停止了思索

风松开紧咬的嘴唇
我看到伤口
有些来自他人
有些出于自戕
原谅我
不肯交出玫瑰，麦田
还有火种

风吹过来，河水呜咽
无家可归的孩子在水中
寻找着前世来生
一颗星子被楔进天空
踮了踮脚尖，有微光

穿透日渐干瘪的躯体

晚祷的声音从远处传来
错过的神旨
落在夜的怀抱
诸神开始降临
替我们说出
人间的痛与爱

[作者简介]

雪浪花，原名郑海波，诗歌爱好者，河北秦皇岛人，70后，有部分
诗歌发表。

诗观：做温暖的女子，写温暖的文字。

真诗运动

——诗歌这些问题

1. 人们现在不阅读今天所谓著名诗人的诗，而依旧只接受李白、杜甫、屈原和苏轼等古代诗人，开会的这些著名诗人对此有何看法？

2. 在传媒出版网络如此发达的时代，人们却抛弃了诗，开会的这些著名诗人对此有何看法？

3. 新诗现在圈子化，没有广阔的群众性，诗人的写作是写给大众看？还是像内部文件一样只发给少数人看？

4. 大量年轻诗人是西方大师的忠实奴才，以西方大师为祖。这种诗人，西方并不买账。真正有才华的诗人不阅读西方作品，照样写出伟大作品。你能做到铲除西方大师而能写出好作品吗？

5. 我们写的是汉诗，你能把手中西方大师的诗都烧掉，判他们死刑，而依旧能写出好作品吗？要知道，古代诗人都没有读过国外的诗，他们写得很伟大，超过了所有今天西方大师的作品，你怎样看？

6. 一个著名诗人究竟写了几首，写出了几句让全国人民都能背诵的诗？现在的诗可以分为可以阅读的诗和可以背诵的诗。你的诗有没有被人们背诵的价值？

7.现在大多数诗只能称为写日常生活的诗，这种诗人缺乏悟性、想象力。作为著名诗人，你能拿出一两句有惊人想象力的句子，让群众大开眼界叫好吗？

8.真正的好诗，是搞诗歌的人叫好，不搞诗歌的大多数群众也认为好，你有这样的作品吗？

9.你能用最少的字数写出最伟大的句子，写出最好的短诗吗？古代诗歌精确到每一个字，而新诗可以随意"大小便"。对此，你有何看法？

10.最优秀的诗人能写出几行以内的好短诗，又能写出万行以上的成体系的长诗，你有没有这种能量？

11.所谓才思敏捷，你能脱口而出好诗吗？修改也能出好诗，你修改得很苦，依旧写得不怎样。你认为这两种才华，哪一种更好？

12.新诗最失败的地方，恐怕是人们对诗歌敬而远之，而诗人还在小圈子里趾高气扬争地盘。对此你有何看法？

13.虽然人们不懂今天诗人们的作品，但人们只是没有读到他们心坎上喜欢的作品，他们依旧消费诗歌，只能消费古代诗歌，如果有好的新诗，他们依旧会喜欢的。你怎样看？

14.许多不懂诗歌的人控制了刊物，许多写得不好的人成了著名诗人。他们是因为有机会有能力经常参加各种重要的诗歌会议——这是开会开出来的著名诗歌人士。有一些真正的好诗一直被排挤在诗坛外，发表不了，获不了奖，入不了选集，无法进入诗歌的视野。你怎样看？

15. 现在大量刊物圈子化，进入不了圈子，也就进入不了诗歌，哪怕写得最好，不能及时得到认可，甚至被埋没。你怎样看？

16. 你怎样评价自己是一个著名诗人？你能真实说出对自己作品的评价吗？你把自己评价很高，而人民置之不理，你会说人们的素质差，不懂诗吗？有一种真正的好诗，连文盲听了都认为好，你同意吗？

17. 那些获大奖的诗，人们都不知道。那些获大奖的诗，比不上没有获奖的诗，你怎么看待这个问题？

18. 诗歌没有新旧之分，李白的歌行体早就有了今天所谓的长短句式。为什么新诗在魅力上有那么多比不上古代诗歌？

19. 人们兴高采烈地诋毁诗歌时，著名诗人能否拿出让人心服口服的好诗来，堵住他们的嘴，让他们领略真正好诗的神奇魅力。

20. 如果别人写得比你好，而且他的年龄又很小，你会推出他，还是怎样看？写得好的诗人从来没有出席过什么诗歌重要活动，也从来没有获过奖。而你经常获奖，经常包揽各种诗歌荣誉。面对这样一个诗人，你会怎么看？

21. 选入语文课本教材的诗有许多不怎么样，误导了正在成长的学生对诗歌的认识，耽误了他们进入真正的诗歌世界。应该怎样让真正的好诗编入教材呢？

22. 评论家只对自己感兴趣的诗人诗歌写评论，而评论的对象可能作品并不怎么样。但这样的评论却又真的把平庸的诗人推成了著名诗人。怎么看这样的评论家？

23. 你去年写的诗，中国的读者还记得吗？你五年前写下的诗，中国读者还记得吗？十年前写下的诗，中国的读者还记得吗？著名诗人的作品经得起时间的考验吗？

24. 连现在的读者都不懂的著名诗人的作品，将来的读者会读吗？能流传下去吗？

25. 你的诗集印 5000 册，有 4500 册卖不出去，500 册销量的著名诗人，一直坚持自己是大师，大师的作品真的需要像核武器一样保密，而不需要大量的人们作读者？

26. 如果不写生活，不写你的人生经历，要你写那种高度想象力，高度思想思考的作品，能写得出来吗？许多著名诗人作的大多数诗只是流水账一样地记录生活，只能称为生活诗人。除了生活之外，还能写出更好的诗吗？

27. 古代有许多励志诗，有许多诗读了以后，可以提高人的修养，新诗少有这种作品。新诗对人的鼓舞作用到哪里去了？

28. 古代好诗歌具有启蒙作用，从两三岁开始就可以让孩子学会背诵。今天又有几首新诗可以用作孩子的启蒙呢？

29. 作为著名诗人，你的诗在 10 岁以下的儿童中，会不会受到欢迎？你有没有想过，中国以往的儿童都以读诗度过美好的童年时光。著名诗人的诗能让孩子度过美好的童年时光吗？

30. 如果用一句话来体现你的诗歌才华，像古代诗人对对子一样，你能拿出一句最好最短的句子，让大众刻骨铭心吗？

31. 有许多专业作家诗人在文联文化馆作协靠纳税人的血汗钱养着他们写诗，这些著名诗人拿着纳税人的血汗钱，却写不出纳税人喜欢的真正好作品，你认为他花咱老百姓的血汗钱，有诗歌道德和修养吗？他们对得起纳税人吗？

32. 许多著名诗人有单位养着，经常有会开，而另一帮底层诗人却苦于诗歌没有行路，但正是这些草根诗人用他们纳税人的钱，养了那一批趾高气扬的诗人。著名诗人对草根诗人是什么态度？

33. 把诗写成歌，成为流行歌曲，这条途径还算行得通，你能写出雅俗共赏，人人明白，既有贵族气息又有平民意识的诗吗？

34. 现在写诗的、写歌词的基本上都各干各的，有谁可统一，使歌词成为真正的诗，而又被人们记在口头上，你认为如何？

35. 上了40岁的诗人，都知道上世纪八九十年代，全国狂热热爱诗歌，但当时的诗人奉献给人们的作品，大都不是什么好东西，到现在人们都忘记了。如果人们读到的是刻骨铭心的作品，终生难忘的作品，那么今天人们对诗歌不会这样冷，你以为呢？

36. 2007年是中国新诗90年，可能诗歌界也会热闹一下，但更多的人民群众忙于谋生，不参与，人民不参与诗歌史，那么诗歌史还有意思吗？

37. 写新诗就像放自来水，毫无约束，散漫的东西丧失了民心。而古代诗歌写作有约束，反而被人记得牢。你认为写诗是否可以受到约束？要你写四行以内，八行以内的诗，几十个字以内的诗，你能写出多少好诗？

38. 古代诗歌有凝固的价值，一首诗 4 行，每行 5 个字，就 20 个字一首的诗，凝固几千年依旧有香气。现在的诗随处可改可删可加，没有凝固的价值。你如何看这个问题？

39. 许多诗都是文字堆积，一堆文字垃圾，反而怪读者不懂诗，说读者不优秀。著名诗人可不可以反问自己为读者写下了好作品没有？

40. 许多著名诗人用先锋、前卫恐吓老百姓，结果都把老百姓吓跑了，先锋前卫非常可怕，你觉得是这样吗？怎样的先锋前卫，才是真正的前卫？

41. 好作品是一个诗人成为著名诗人的唯一凭据，许多没有好作品的诗人成了诗歌名人、权威、著名诗人，你喜不喜欢这些没有好作品的著名诗人？

42. 诗歌应该是光明的，可有的人进行邪恶写作反而成了著名诗人，专门写低级、下流、脏的内容，写的东西不堪入目，怎样对待这些邪恶写作的著名诗人？

43. 诗歌本来是净化人心的，有的诗还可以有教化，引导人性的作用。但今天有的诗却污染感官，毒害心灵。一些不好的坏诗，反而比好诗传播得更广更快，怎么办呢？

44. 现在许多新诗读起来都非常费劲，读了之后大呼上当，不知所云。作为著名诗人，你是怪读者不懂诗，还是怪自己没有写出好作品？

45. 诗歌首先是一个人写作，但写出来的东西在社会上传播，诗人要负社会责任，要让诗歌对社会有好作用，你写作时会这样想吗？

46. 没有读者的写作是个人自娱自乐的写作，只有个人写作的发泄，证明不了它的社会性。成功的作品都有好的社会效果，现在许多著名诗人的许多诗歌写作都是一种死亡写作，刚写出来的作品就死了，社会从一开始就拒绝这样的著名诗人和作品，为什么这么多著名诗人没有读者还能不知羞耻疯狂写作？

47. 个人写作的自我发泄，有时用诗向社会泼脏水，这样的诗歌是不是缺德？

48. 在几千年的时光里，徐志摩这样的著名诗人的智慧比起李贺来，肯定是非常浅薄的。避开诗歌的新旧外在形式，我们今天的著名诗人有没有古代那些伟大诗人的智慧？写出的作品还能像他们的作品那样不朽吗？

49. 在新诗之前几千年的时光中，人们对诗歌非常敬畏，对诗人尊敬，为什么今天人们可以对诗歌置之不理，甚至把诗人当成怪物。今天的诗人有什么问题？许多著名诗人的修养和人格都不敢恭维，你说呢？

50. 诗歌应该是最伟大的语言，但今天诗人写作，往诗歌里吐大量口水，难道口水可以成为伟大的语言？

中国当代诗歌也需要刮一场大风

杨 克

我想中国当代诗歌肯定也需要刮一场大风，横扫雾霾污染，个人疼痛，时代庞杂。包裹风云际会，沧海桑田。——杨克

《诗经》的秋天是低矮的。

"蒹葭苍苍，白露为霜"，风飒飒地吹，芦苇弯到水湄，参差的叶片敷着薄薄的粉，河面一片迷茫，偶尔传出水鸟关关和鸣。"喓喓草虫，趯趯阜螽"，生命的萌动无处不在。

还有那来自各地的邶风、鄘风、卫风、王风、郑风、齐风、魏风、唐风、秦风、陈风、桧风、豳风，田家男耕女织，三三五五，于平原绣野、风和日丽中，恍听群歌互答，余音袅袅，若远若近，似断似续，自然之风片刻即逝，诗风流传唇齿间，栖息于心头之上。

"秋高气爽""落木萧萧"皆是唐人杜甫发自肺腑的一声感慨，而在他生前1300年到1800年间，秋风紧贴着地面在吹，那是爱情蠢蠢欲动的季节。小女子陟彼南山采薇，为了遇见君子。《诗经》中窈窕淑女的美艳被汉语写绝了，静女其姝，"手如柔荑，肤如凝脂。领如蝤蛴，齿如瓠犀。螓首蛾眉，巧笑倩兮，美目盼兮"。3000年来难以超越。美男子则一个个龙章凤质，"如切如磋，如琢如磨，如金如锡，如圭如璧"，仿佛轮廓分明的雕塑。如此高颜值的两情相悦，情欲总是涌动在丰盈的收获之时，为

什么不是万物苏醒的初春？莫非彼时生产力低下，惊蛰芒种，食不果腹。人闲桂花落，家中有粮，饱暖思淫欲。所以《诗经》里的溱河和洧河，总是秋波荡漾，男男女女，手拿兰草游乐，"伊其将谑，赠之以芍药"，而"野有蔓草，零露溥兮"这样的吟唱，动人心魄，大概以诗传情就从郑风的溥瀼开始。

萧瑟秋风又吹了1200年。2015年9月，我乘坐的高铁正驶向一条河流，窗外华北原野暮色四合，此刻手机微信晦暗，正如海德格尔所言："生存是在深渊的孤独里。"途经石门，跟城里的一个诗友用电话聊了几句，并未能排遣内心的郁闷。3天前的14日，是一个重要的日子，那天科学家第一次探测到了引力波，我也创造了单日散步21308步的最好成绩。当时我并不知道这个物理学的重大发现，尽管将来某一天，另一个星际的高智商生命，也许能通过它传来朗诵地球人诗歌的视频，如同新西兰的友人朗诵我的诗，用微信从南半球发到北半球的手机上。尽管那天湖面很暗，"只要不把它想成一只盲瞳／再黑的夜它都是一只眼睛"。只有诗，任何别的文字都无法细微准确地传达出内心的波动，远处的灯火掀开夜幕，幽光中只看见一簇柳，像伸出的手，仿佛探进幽深的湖水里，却根本无法触及水面，或许直到永远。然而，"只要不把它想成一片死水／湖面的波纹就会温柔地漾动／风会穿过密林吹弯湖底的水草"。（田原《湖》）这就是生命哲学，诗也是宗教，超越时空。尽管现实并不总如诗一般美好。宇宙已有138亿年，人类也有180万年了，婚姻与爱情却如此短暂，大约5000或6000年前才开始形成对偶婚制，可2500或3000年前第一首汉字记录的叙事诗《国风·卫风·氓》，婚恋便已如此糟糕，从青年抱布来换丝其实是找借口来谈情求爱说起，诗中的女子讲述了初恋的美妙，控诉了婚后被丈夫虐待和遗弃。爱与伤害，是自《诗经》到我，文学的永恒主题。

次日来到淇河岸边，粒粒鹅卵石红砂遍布河滩，悠然一脉清川，澄澈见底，这是中国北方唯一没被污染的河流。上善若水，这一带曾是殷商王朝四代帝都朝歌，古诗中这儿绿竹猗猗，如今已难觅踪影，两岸杨柳婆娑，野地、水洼里荇菜、车前子、苍耳、白蒿依旧繁盛。《诗经》里有 39 首写了淇水，"淇水㳇㳇，桧楫松舟，驾言出游，以写我忧"。这些诗篇出自卫风，是卫国民间的诗歌，邶风、鄘风其实也都是卫国的诗。"投桃报李""执子之手，与子偕老"这些至今人们耳熟能详的诗句就诞生在草根周遭，孔子周游列国 14 年，在卫国十载，出于仁、出于礼，删"诗三百"时，自然对这片土地格外开恩。"风"朴素至简地叙说了人生沉淀的底色，它们让我领悟，好的诗句并不刁钻古怪。《世说新语》"雅人深致"篇记载，谢安问聚会的子侄们："《毛诗》里哪句最好？"侄子谢玄说："昔我往矣，杨柳依依；今我来思，雨雪霏霏。"王国维《人间词话》第 24 曰："《诗·蒹葭》一篇最得风人深致。"说明恰恰是"所谓伊人，在水一方"这种明白晓畅的语言意味深远。唐宋也有几百首诗词写了淇水，王维诗中有画："屏居淇水上，东野旷无山。"描述了淇河两岸开阔平缓的地势，而今对岸依稀前朝的风貌。我的身影投映到水面上，我看见淇水深处，层层叠叠浮现出一张张诗的面容，隐名的与知名的，这些诗的前辈，另一个"我"，在跟我对话。他们似乎在说，诗与生命有关，与人遭遇的世界有关，与诗性直觉的哲思有关，与我们的日常生活劳作密不可分。

一年前，2014 年 10 月，我到了汨罗江——中国诗歌的另一伟大源流。《楚辞》的语言诡秘、斑斓、纷繁，如河岸姹紫嫣红开不败的野花。至奇的《天问》神游八极，对天地神人提出怀疑和追问。《九歌》里婀娜多姿的"山鬼"缠绵多情，她也是《聊斋》里蛊魅的狐妖么？还是我诗中岩画上跳舞的女子？在汉语的语境里，人鬼神常常三位一体，立地成佛，羽化成仙。一棵树是神灵，一只黄鼠狼也来自上界。哪怕车舟同行、一席同枕，都可追溯百年千年的修行。词语的跨界亦十分奥妙，"死生契阔"本出自民谣，结果却成了佛语。此次同行的是大陆、台湾、香港、澳门两岸三地的作家，到屈子祠祭奠三闾大夫，走进山门，只见两行巨幅，那是《离骚》的名句："路漫漫其修远兮，吾将上下而求索；长太息以掩涕兮，哀民生之多艰。"诗人的大情怀与诗歌的大境界不言而喻。之前在岳阳楼，领略的同样是"先天下之忧而忧，后天下之乐而乐"的大抱负。意象纷纭不离其宗，直抵存在之核。为天地立心，为生民立命，一己之诗的思想情感和精神诉求，包涵了对人的生存困境和人类命运现实法则的劫问与抗辩。而此前30年，我就去了成都的杜甫草堂，10年前已到过四川江油青莲镇太白祠，杜甫秉承屈子的悲悯情怀忧患意识，泣血底层艰辛。李白弘扬楚狂人自由松弛、恣肆汪洋、由衷畅快的精神。作为诗写者，我向用词精确、字字珠玑的李贺、李商隐、贾岛这一路"水至清"的"小宗"诗人致敬，对不惧泥沙俱下、大江大河般的屈原、李白、杜甫、白居易、陶渊明、苏东坡这一脉"大宗"诗人顶礼膜拜！

这篇以时间的玫瑰次第张开来结构的文字，使我想起保罗·策兰的一句诗，"你的手满握着时间"。意象破碎、深度隐喻的策兰，他的诗就像德国人制造的精密钟表，每个词都啮合精准，哲学的辩理丝丝入扣。在中国学院派诗人圈子里，近年来谈论策兰似乎成了某种可以炫耀的教养。策兰很喜欢里尔克，而给我留下深刻印象的第一首西方现代派诗歌是里尔克的《豹》，我还特别记住了这首诗的副题"——在巴黎植物园"，因为豹子不养在动物园里而是关在植物园中令人奇怪，却并非翻译有误。纸张早已泛黄的《外国现代派作品选》上下两册2.85元，大约是当年一个大学生一周的伙食费，印数5万。很庆幸我买了这套书，成为1949年后第一批读到用简化汉字印刷的外国现代派文学作品的读者。我也热爱叶芝，折服有历史感的艾略特。而还是小小少年的我就读歌德，可直到2009年我第三次去德国才拜谒了他的老宅，写下《歌德故居》一诗。其实每次抵德第一站都是法兰克福，可之前竟然二过"歌德家门"而不入。2008年我二进德国，走了近30个大城小城。在海德堡大学朗诵诗歌后，前往王座山上红砂岩砌成的残破城堡朝圣。当年65岁的歌德，在此艳遇了多情、性感、年仅30岁的玛丽安娜，两人爱火焚烧，歌德为她写下了"我把心儿遗忘在海德堡"等20首诗歌。歌德说："我也只在恋爱中才写情诗。"这些"简单质朴"的诗，跟《少年维特之烦恼》"青年男子谁个不善钟情？妙龄女人谁个不善怀春？"一样，妇孺皆知。唯有被众多国家从精英到大众不同阶层的人阅读的诗人，才真正是世界级的伟大诗人，要是歌德毕其一生只写作《浮士德》那种艰涩深奥的大诗，他的诗歌将大打折扣。《歌德谈话录》对此一点都不讳言："德国人啊真是些怪人！给什么都塞进深刻的思想和观念。""我只是在内心中吸取印象，而且是感性的、鲜活的、可喜的、形形色色的、多姿多彩的印象，……然后再生动地将其表现出来，以使其他人在听到或读到时也获得完全一样的观感和印象。"正是歌德这位大师中的大师，使我在现代后现代语境里，依旧坚信诗性直觉和关于世界的写作。我也曾经过内卡河北岸树荫掩映的哲学家小道，辨认黑格尔、荷尔德林等人在这条小径上的足迹。像鸟屎掉在额头，被说不清道不明的浆果击中，如同禅宗的"顿悟"，觉悟诗是自我的表达，语言是人"存在的家"，存在于个体生命的灵魂深处。是对终极的追问和朝向永恒彼岸的远行。它的历险出自一代代的经典谱系。

2012 年在美国大峡谷，我听见美洲在歌唱，那是惠特曼飓风般的歌喉。我似乎看见了大盐湖中的鹈鹕，它与《诗经》里的水鸟也没什么不同。沿着横贯全美的 80 号高速公路，穿行于这块广袤的土地，心胸顿感坦荡。大平原上的风有些骇人，它的胃口特别大，有记载的是 82 年前的一天，一场风暴仿佛千军万马，从加拿大西段边境与美国西部草原相邻接的几个州席卷过来，以每小时 60—100 英里的速度，向东推进，挟带了美国西部干旱地区的三亿吨肥沃表土，跨越全美国三分之二的领土，一直到达美国的东海岸，最后倾泻于离岸几百英里的大西洋中。美国诗人的语言也多似"黑风暴"，比如艾伦·金斯伯格，在 60 年前，他在一次朗诵会上《嚎叫》，弄得众生颠倒，一连串的"他们"有如大飚君临，充满了磅礴的气势。七月流火的 2015 年，我在拉美的盆地与峻岭之间仰望诗的百年孤独，这是马尔克斯读中学和大学的麦德林。一座座诗歌的山峰直插云天。聂鲁达的高迈、开阔，帕斯的博大、回旋，让我再次感召到天才恣肆汪洋的写作。

艾略特的《四个四重奏》是欧洲大师的绝响吗？巨人一个个在 20 世纪的前半叶离去，如今诗歌成了教授们在纸上练习的精雕细刻。在西班牙语系里，诗向死而生，依旧活在人民中，在大地无拘无束生长。被拉美的风吹拂，或被世界的风吹拂，让我不由想起清人诗句"飘零君莫恨，好句在天涯"。谁的诗能在风上做巢，谁灵魂的故乡就永新。

我想中国当代诗歌肯定也需要刮一场大风，横扫雾霾污染，个人疼痛，时代庞杂。包裹风云际会，沧海桑田。绝对纯粹的存在绝对不存在，诗"积聚"所有的一切。如洛尔迦所言：诗歌是不可能造就的可能。

2016 年 3 月 10 日于羊城

[作者简介]

杨克，男，1957 年生，广西人，著名诗人。现任广东省作家协会副主席，国家一级作家，编审。中国"第三代实力派诗人"，"民间写作"代表性诗人之一。在《人民文学》《诗刊》《中国作家》《世界文学》《上海文学》《花城》《当代》《大家》《青年文学》《天涯》《作家》《山花》等大陆有影响的报刊发表了大量诗歌、评论、散文及小说作品，还在《他们》《非非》《一行》等民刊以及海外报刊和网络发表作品。

后 记

　　自 2016 年 4 月 26 开始征稿，至 2016 年 5 月 26 日截稿，中间经过了 6—8 月的参与各诗群的第一轮审稿评选，到邀请天津大学生诗社和岭南大学的老师审稿，再到统一编辑审稿，再到专家终审评奖，历时 4 个月的时间。来 108 个诗群接龙签约，最终 43 个诗群的 1300 人参与，经过层层筛选，可谓百里挑一，最终 150 首诗歌入选。在此一并感谢所有参与的微信诗群。为了使读者对诗歌的现状有所了解，本次也特地收集了杨克老师的一篇文章与读者分享，便于读君对当前诗歌界存在的问题有所了解。

　　至于责任，至于对诗歌的热爱，至于对生活和未来的执着期待，我们当努力前行，能做点什么，都是乐于此心悠悠了。

致 谢

感谢本次诗歌大赛的赞助方：

北京诗和远方户外俱乐部
深圳遇上诗和远方客栈

深圳遇上客栈地处大鹏新区大鹏南澳西冲鹤薮村，邻近西涌文化广场，移步即至由沙滩、岛屿、礁石所环抱的西冲海岸，周边环境宁静清幽，景色秀美宜人。

深圳遇上诗和远方客栈由大院别墅改建而成，外观色彩缤纷，整体设计简约雅致，以蓝色为主色调；客房如家般舒适精巧、色调明快，设有多种房型，每一层客房的格调均有不同，房内设施设备一应俱全。

客栈附设大小 2 个庭院和休闲区，内设庭院台球桌、羽毛球、烧烤区域等设施，提供旅游票务、叫车、自行车租赁等服务，热情细致，是宾客同窗好友聚会、公司团队活动的理想居停之所。每月两次的诗歌朗诵活动，也是诗人和爱好诗歌的你享受真正地拥有远方的大海，又能拥有诗歌的绝佳之地。时光流转，一季一季的轮回。有人说旅行，是一种清空。清空疲惫，清空烦心，剩下冗长的平静，我们用诗意、欢乐及徒步穿越的畅快为你填满。时间很短，天涯很远。往后的一山一水，一朝一夕，我们陪你走完。有诗有你有远方，有我有他有相伴。徒步穿越畅意焉，飘逸潇洒乐逍遥。远离世俗的缠绕，忘却城市的喧嚣，让海风带走你的疲惫，让海浪抚慰你的灵魂。从明天起，做一个幸福的人。泅水，踏浪，高声呐喊。烧烤，扎啤，尽情欢笑。从明天起，和每一个旅人攀谈。告诉他们你的幸福，你的自由在这里，面朝大海，春暖花开。生活不止苟且，还有诗和远方。

深圳诗和远方户外俱乐部

附：

参与《遇上诗和远方》征稿大赛的诗歌微信

参与诗群	群主	微信号
愤怒的诗人群	诗和远方	a707016037
群主诗群	鸟人	a707016037
西部诗歌联盟	杨四五	ch-ant
山风文学群	沙玛中华	yz1639355750
无忧诗社	梁敬泽	ljz19900909
水寒文学社	萧长风	shirenxiaochangfeng
大恺诗歌群	赵俊杰	zhaojunjie466046
宁夏黄河诗词学会	郑晶	zj18709580115
空巷子诗群	空巷子	x075000
世界华文	凡夫	hjWY2218098
文信院	覃盈	qy680721
砺之影术诗群	砺影	aydx2561000
文心雕龙群	静听雨轩	qq7812416
中国当代诗人群	梅雪	meixue_pydm
国城会广州国风苑	张莉平	lily378991588
中国国城文学会	鑫城	WJC828203
桃花源	冬日暖阳	wxfgzxfxm
红楼诗社	玉竹瑶草	chenxj12580
当代诗词鉴赏	鑫城	WJC828203
温哥诗歌文艺群	风文	624038213@qq.com
老友圣殿	圣歆	hiliqin_110
文艺百家	梅雪	Maciy20131206
雪刀砍诗会	赵生斌	zhshengbin_
问墨小筑	问墨	m13222221918
宁夏微文学群	晓强	zgq77276085
一度诗歌论坛群	晓强	zgq772760851
北美蝶恋花诗社	世事犹如梦	liu602569364

参与诗群	群主	微信号
开泰文艺牛股吧	淡·定	shuimimi028
上海新诗苑	吴伯贤	wxid_8a5nex9ouupp22
诗歌创作研究会	品墨	Sq3153569
宁夏诗词学会	沙漠狼	13995274658
微文化联盟分社	云飘飘	yppljianqin
羊城诗栈	molly	Mollyzhou2012
雨结丁香文学社	张茗希	Zmx13891732746
布特哈文学艺术交流群	丑小鸭	1137899546
《河东诗论》现代诗学会	浮城月	sxxzzfc
《淮风》诗刊诗群	怀风	Hfsk1987
长江诗画群	岭南红	1nhxht99
儒商诗画	程瑶	Linda19760
沈水之光文学社	程云海	A13478357985
云中文苑创作交流群	绿茶 tea	13644590666